月亮与烟火

崔子川————著

长江出版传媒　长江文艺出版社

　　崔子川，本名崔砺金，原籍四川，现居杭州。中国诗歌学会会员、浙江省作协会员、高级记者，曾任新华社地方分社副总编辑、某报社总编辑。诗歌散见于《诗刊》《诗选刊》《诗歌月刊》《诗潮》《延河》《江南诗》《辽河》等文学期刊和多种年选，偶有获奖，著有作品集 7 部。

永不生锈的月亮在为他导航

卢 山

早在 2018 年，贵州诗人、评论家赵卫峰先生嘱我主持刊物《端午》评论栏目时，我曾以《如何重返与能否担当：当下诗歌现场的"归来者"与"失踪者"》为话题，主持了一期关于"新归来诗人"的讨论。几年过去了，又一批诗人成为失踪者，消失和隐匿在茫茫人海；当然，我们也迎来了众多的归来者，他们穿越岁月和生活的雾霾，把诗歌的火把重新交到了我们面前。崔子川就是"新归来诗人"中代表性的一位。

他生于大西南四川盆地，早年在华北平原求学，后进入媒体工作，在西子湖畔成家立业。人生意气，慷慨悲歌，突然大河拐大弯，远赴云南工作数年，最后又调转马头，回归江南，安营扎寨，以激扬文字为乐。人生况味，与我颇为类似，个中经历，冷暖自知！显然，崔子川是一位具备行动力的诗人，近年来，他经历了大开大合后，带着新的山河走进了诗歌现场，成为浙江诗歌领域一位愈加重要的诗人。如今，他归来后的首部诗集《月亮与烟火》即将出版问世，我为其十年磨一剑的勇气由衷感到敬佩并祝贺。

江湖夜雨十年灯，当年在诗歌的词根里上下求索的白衣书生，十年后风雨归来，却发现今天时代的雾霾和新媒体泥淖正构成一种"新的诗歌环境"。诗人通过语言的秩序和内心的整理来平衡世界的混乱。史蒂文斯说，诗歌是一种内在的暴力，为我们防御外在的暴力。面对今天写作环境的巨变，崔子川再次拿起了笔，振臂一呼召集曾经的万千词语，将多年的山岳长河与人生百感压缩进这本《月亮与烟火》，向诗歌的幽深腹地再次进发！

显然，对于归来后的第一本诗集，他是非常重视和珍惜的，正如诗集的名字《月亮与烟火》的指向，他带着诗歌的月亮走进了人间烟火，或者把人间烟火带到了寒冷的月亮之上。诗人沈苇说："书名所示，崔子川诗中既有月亮隐喻——'皎洁、圆润的菩萨'，又有人间烟火气——'柴与火昼夜煎熬'，一种刻骨的乡村记忆，一种对亲人、故人和世间物事的深情。他的诗轻灵、质朴、动人，同时因月亮/烟火的二重性，而有了自我的丰富性和超越性。"

故乡既是"月亮"，也是"烟火"。通读子川兄近年来创作的这数百首诗歌，我觉得这部诗集可以说是一个天涯游子献给故乡四川大地的一支深情长歌。他把故乡的一草一木、一砖一瓦浓缩在一页页诗句中，构建起乡愁的四梁八柱，垒起了一座纸上的故乡。比如在"两地书"中，他深情地回忆"村口那棵古樟树"："你是大地的王/这块土地上每一个生灵都归你庇护""你给每一个婴儿的新生赐予姓氏"。法国作家勒纳尔曾说过一段话，大概意思是人类至少可以从一棵树上学到三种美德：抬头看天空和流云，学会伫立不动，懂得怎样一声不吭。古樟树不就是他童年成长和学习路上的精神导师吗？大树在，故乡就在，乡愁就在。于是，他说"无论崎岖山路上转过多少的弯路/后生们都要永远保持/一棵树的站立"。

回家的路是人生最难走的一条路，"穿行在城市炫目的霓虹中/我常常从老家的池塘，打捞起那枚/磨损了的月亮，给我指路"（《乡村的月亮》），"在回乡的路上越走越年轻"。生活在数千里之外的城市，月亮是诗人温柔的枕头，也是一个浓缩的故乡——这纸上的黄金屋，庇护着天下远行的游子。他在文字里再现了自己的《童年》："童年在我的乡下/是铁环滚出的动词/是蜻蜓、蝴蝶飞舞的形容词/是小鸡、风筝与挑粪的大伯/搭配的七巧板拼图"。无论是"动词"还是"形容词"，对于故乡的风物都如数家珍，多情的诗人要用诗句再造一个纸上的故乡。

这些关于故乡的诗歌中，他写亲人的作品让我倍加感动。《那一晚》里病床上的父亲："我用一条毛巾/把那夜的月色，不断拧出/咸咸的泪滴"；在写到病榻上的祖母时，他愿意"变回一条溪鱼，随时准备/为世间所有值得粉身碎骨的事物/纵身一跃"（《溪鱼》）。

在这本诗集里，崔子川把太多的笔墨留给故乡了，说不完道不尽的是一个天涯游子对故乡的深情倾诉……尤其是在《我的回忆》里，他从"坐飞机要花/两个半小时到达的四川盆地/停留在，坐火车去成都要辗转/八小时的西充县城/停留在，坐班车到县城要赶/两小时土路的同德乡镇/停留在，去乡上赶集要徒步/翻山越岭一个晌午的崔家湾……"这首诗和诗人雷平阳的代表作《亲人》有着异曲同工之妙，正如后者诗里所写的"我的爱狭隘、偏执，像针尖上的蜂蜜/假如有一天我再不能继续下去/我会只爱我的亲人——这逐渐缩小的过程/耗尽了我的青春和悲悯"。崔家湾孕育了子川兄滚烫的心跳，是他人生路上的精神坐标，也必然是他纵横驰骋的诗歌汪洋。

当然，我也读到了诗人的爱与哀愁，他游离在农耕和现代两种社会文明之间，带着故乡的炊烟与河流，带着四川大地的馈赠，带着胸腔里激荡的热血一次次转身远行。在《我是盆地放飞的一只鸟》里，他说"一只鸟，从嘉陵江畔起飞/越过秦岭，故乡就丢了"。地理位移的改变带来了新的乡愁和诗歌美学，诗人在两个甚至更多个故乡之间游离、徘徊，成为回不去的故乡的影子和幽灵。他记录了自己回乡后的尴尬："这摇晃的乡间半日，我竟成为/一匹迷途的老马"（《乡间半日》），也写到了现代化巨变带来的窘境："此刻，池塘就静卧在我的脚下/像一块皱巴巴的手帕。擦拭我/越来越模糊的老眼，四周不见鸡鸭、牛羊"（《池塘》）。

这部诗集的另一个特色是崔子川的古典主义诗歌美学追求，在现代化的传播和语言体系中，他试图从古典山水与历史人文中开拓出一条新的写作路径。"若只是在薄雾的小城/砍柴，喂马，看炊烟的起落/任陌上薰衣草，一季季开满/我们的墓碑"（《人生若只如初见》），"我就是庄周，就是蝶。梦是我们/遨游八荒的飞船//我轻盈，我飞舞/我挥动宽大的道袍/拂去尘埃、浮名以及肉身的羁绊"（《我把梦给了蝴蝶》）。他写心目中的江南，"江南烟雨，是用微风斜织的/披在肩上，再温一壶黄酒/写诗的人就会穿过寂

寥的小巷/给柴米油盐的日子/撒点丁香花瓣"(《烟雨》），
"那云水间悠游的仙鹤/耗尽一生，我依然走不出/这幅古典
的江南水墨"(《云中鹤》）。江南的山水人文已经浸润到
他的呼吸和血液里，古典美学的修养也时刻体现在他的待
人接物中，成都平原的游子今生已经走不出"这幅古典的
江南水墨"。

他似乎已经陷落在古典和江南的人物情愫与美学风格
中。在"人物书"小辑中，他写到了屈原、刘伯温、苏小
小、李清照、陶渊明、王阳明等古代人物，穿越千年的精神
对话，以一首首滚烫的诗歌向无数先贤致敬。"谦，很杭州，
很书生。但只有/千锤万凿，才配得上，你的铁骨"(《谒于
谦祠》），"小楼又东风。所有把栏杆拍遍，往事不能了的
人/都是你的臣民。等你驾月归来"(《写给李煜》）。在
《前世的梨花》《一朵花的隐喻》等诗歌中，他充分释放自
己的才华，在古典美学的月色下纵情驰骋。

他也有自己的遗憾，为千年前的诗人们"鸣不平"
"意难平"。"唯一遗憾的是，没能在长安街上风光一回/我
卑微地生活在尘埃里，披上李白的影子/脚步，竟也迈出了
大唐的气度"(《与影子同行》），"你悲哀地发现/后世男女
打卡的队伍纷至沓来/把沈园，当成了爱情的药引"(《药
引》），"大雪纷飞，似箭，如盐/从 1142 年下到如今，风
波亭低头不语"(《大雪中去见一个人》）。我相信崔子川
并不是卖弄风月、附庸文雅的写作者，在他的灵魂和血液
里，一定有岳飞的激越长啸，也有李白的天马行空。

值得一提的是，他这部诗集里有一首写给我的诗，记录了诗人间的神交，读来至今仍十分感动，故录全诗如下：

旅　途
——兼致诗友卢山

那是 700 多天补钙的经历
将西湖的水不断排空
胃里塞满了
塔克拉玛干的飞沙

直到一行一行将雪，重新
推回天山。你怀抱王昌龄的月
敞开给我们看

一万里歧途，你的眼睛里
饱含悲哀的沙子。此刻
你一粒一粒倾倒出来
让我们明白，你的余生里
都将被雪山的光芒所照耀

而一群塔里木的黄羊
正从你的诗集里，缓缓走出
凝视我们急匆匆赶路的步伐
让人，不寒而栗

我曾经从东海之滨的江南，远赴万里之外的边关塔里木，实现了精神和肉体上的双重远游。浙江文学院院长程士庆开玩笑说我是"当今的文学西域取经人"。在这首诗中，他将我的西部写作中重要的意向和主题精炼概括，"怀抱王昌龄的月""饱含悲哀的沙子"和"都将被雪山的光芒所照耀"，已经完全捕捉到我新疆诗歌的灵魂。若不是也有壮游千山万水的经历，又怎能体会到其中的凶险和壮丽？

与其说这一首诗拉近了我和子川兄的距离，不如说是两个曾经在云端和大地跳跃的灵魂通过一首诗实现双向拥抱。我们都在行走中"找到了一种全新的诗歌语言，找到了粗粝的精神之钙"，然后摊开山河与稿纸，"带着一生的战栗写诗"。

这首《旅途》让我想起在西域取经的某个黄昏：窗外风沙肆虐，我伏在一张旧书桌前，写下一行行文字，点起诗歌的火把，对抗这西伯利亚的寒流。无尽的黄沙埋葬了一切，包括具体的细节，每一粒沙里都藏着这个世界的秘密。一粒沙就是一座雪山，或许是一块巨石。时间的沙粒将我活埋，成为一具木乃伊。我告诉自己，诗人啊，你要去完成一卷朝霞的命运，肩负起一座雪山的重量。

他的诗集里还有一些诗书写人到中年的自省，深入审视自己的灵魂和初心，如《我的笔名》《子在川上》等，这些诗体现了一个写作者难能可贵的问题导向和历史意识。"四野无人，无神，亦无鬼。/偷偷在一张白纸上/放飞儿时的纸鸢"(《自省诗》)。在类似个人自传的诗歌《石头》里,他说"世上所有的石头/终究开不出花朵、爱情以及稻粱/胸腔里却积满了太阳的雨水/伤痕累累,沟壑纵横"。我倒是希望他的《自省诗》越来越多,它们更能显示出一个诗人向内开掘、深入审视自我的良好秉性,这也是成为一名优秀诗人和大诗人的重要品质。

"明天又该是怎样的天气/你决定像海子那些诗人们一样/骑一匹黑骏马在柴米油盐中奔跑/头颅依然———/微微昂起"(《以梦为马》)。一位从四川盆地飞出来的凤凰鸟,在生活和写作的缠绕夹缝中,背着故乡,以梦为马,大道平川!

男儿立志出乡关,出川少年在远方:"祖父高举农具,一次次敲打顽石的声音/至于他没来得及书写的/那些留白,等着我/用双脚去四川盆地之外/一步一步,恭敬地完成"(《书写》)。这是崔子川踌躇满志的人生宣言,也是他意气风发的出征书。一列绿皮火车载着他的豪情壮志,"在一首诗里修行","飞跨钱塘江、浔阳江、汉江/急急地,奔往嘉陵江———/它是诚信的转运使,要把我/运回1988年的秋天"(《绿皮火车》)。今天,我不知道他的"108种愿望"是否已全部实现,但我听到了多年来的马不停蹄,"撞击铁轨时/它咣当咣当的疼痛"。

我知道,对于诗人崔子川——"盆地放飞的一只鸟",他不知疲倦的翅膀仍会向着更加辽阔的星辰大海挥动;我知道,他的每一片羽毛上停驻着故乡的炊烟,那一轮永不生锈的故乡的月亮在夜空里为他导航……

目　录

第二辑　生灵书

第四辑　山水书

第五辑　时光书

第六辑　世相书

第一辑　／　两地书

村口那棵古樟树

你是大地的王

这块土地上每一个生灵都归你庇护

天上的云雀、河里的鱼虾甚至土里的蚂蚁

都依赖着你躲避特强沙尘暴

你的根须，牢牢地深入每一条河流每一个农舍

你给每一个婴儿的新生赐予姓氏

让他们未来无论走多远

都撕不下这故土的符号

你给每一个劳作逝去的肉身以灵魂

让他们以麻雀、松鼠的姿势继续在你的臂膀里觅食

没有人记得清你从族谱的哪一页走来

也没有人知晓，你苍老遒劲的身躯

究竟经历过几次雷击

你始终以树的伟岸告诉族人

无论崎岖山路上转过多少的弯路

后生们都要永远保持

一棵树的站立

乡间半日

怀揣 365 匹奔马的嘶鸣，踏入
梦游千遍的崔家湾。猛地
勒紧缰绳——

鸡鸭嬉戏，老牛长啸，满山坡追赶放牧的飞机……
那些三十年前我封存的事物
此刻，仍无法一一解封

所有上山的道路都被
狗尾巴草、野茅草们宣示主权。就连
祖宗们开垦出的绿油油的耕田
老井、池塘、院坝、老屋
反复跟记忆比对，也纷纷

变小，变矮，变得无比苍老
一如大伯五婶，在默片的故乡摇晃
这摇晃的乡间半日，我竟成为
一匹迷途的老马

千里之外

父亲在那头说话，我在这头微笑
千里之外，只隔一层阳光般滚烫的
手机屏幕
下意识地，我伸出手
触摸那一根根
刺破岁月的白色短矛

如果那些短矛变成黑色的长枪
我可能会垂手站立。一如
幼时的模样

在回乡的路上越走越年轻

车过秦岭，我的心便开始
绿意盎然

那些熟悉的风、田垄以及农舍、溪流
让我心跳骤然加速，鬓角的白也慢慢绿了

故乡并没有以盛大的仪式
洗去我仆仆的风尘
老水牛仍在哞哞地叫着
那牵牛的少年，手捧的书本
一定是我并不知晓的情节

卸下全部行囊
我在故乡的山坡越走越年轻
只是啊，只是我看见的炊烟
已是夕阳西下的落寞

住在县城的乡下父母

一辈子都在土地与高楼之间摆渡
住在县城的乡下父母
第一次学会用快递
寄给省城的儿子一袋
刚从泥土里刨出来的花生

那些活蹦乱跳的花生，还藏着
老家泥土的清香。尽管
外表卑微，但个个颗粒饱满
像极了父母的模样

在人声鼎沸的都市，我容易
两手发抖、脊背冒汗
花生治愈了我的低血糖，也
矫正了我抬头挺胸走路的姿势

其实，除了花生
住在县城的乡下父母还常常
在电话中提醒我
立夏、芒种、秋收、冬藏

乡村的月亮

群山托举的一盏白炽灯，照亮
缺电少煤的崔家湾
照亮田垄间抢收稻谷的脚步
照亮孩童们麦垛堆藏起的欢笑

她有时是皎洁、圆润的菩萨。派遣风
和星星，安慰晒谷场躲避地震的乡亲
让幼小的我，第一次抱着老黄狗长啸
在祖母跟她走了的那个晚上

穿行在城市炫目的霓虹中
我常常从老家的池塘，打捞起那枚
磨损了的月亮，给我指路

池　塘

山里娃赤条条的海洋。砍柴、放牛之后
旱鸭子们纷纷下水，和老水牛一起
溅起欢乐的蝉鸣

那湾池塘，总爱跟夏夜缠绵
就像大人们总爱嬉笑着议论
即将外出打工的阿芳，浸泡在对岸
月色里的幽香

此刻，池塘就静卧在我的脚下
像一块皱巴巴的手帕。擦拭我
越来越模糊的老眼，四周不见鸡鸭、牛羊

故乡的那一缕炊烟

孩子们陌生的名词，却常常
把我的记忆打湿

故乡的炊烟，一缕一缕
过滤，父辈们踩在田埂上
光脚丫的疼痛
它望向云端的姿势，永远那么
良顺、谦卑。
灶膛内，柴与火昼夜煎熬
燃烧，我年少的渴望

在天然气和电器流行的城市
缺少炊烟，我的诗行
就缺少柴米油盐的分量
缺少，老家泥土的芬芳

穿行在城市炫目的霓虹中

我常常从老家的池塘，打捞起那枚

磨损了的月亮，给我指路

温一壶乡愁

此刻。卸下身体上所有的符号
开始讲述各自遭遇的雨雪天气
这群来自同一个盆地的七位兄弟
微笑着，端起一壶剑南春
把沾些眼泪的乡音一饮而尽

豌豆尖、折耳根还有红苕凉粉
这些卑微的物种，正高傲地行走在异乡的寒冬里
老家泥土里长出来的愿望
把胸腔里的火，依次点燃

既然流浪已是今生的宿命
不妨把炊烟藏进衣袖
把心轻轻安放在
孩子们拔节抽穗、渐行渐远的背影里

黄葛树上，那口古钟

红苔垒起的王国
文化的心脏，在这里跳动
一群红苔喂养的少年
在荧光灯下高声读李白，读杜甫
也读纪信，读八百壮士，读张表老

那口古钟，源自哪朝哪代？
黄葛树历经百年，枝干仍如父老般遒劲
钟声里，精灵们自由呼吸
发芽，抽穗，直至葳蕤
化凤山下，大地一片葱绿

钟声就是一轮轮的发令枪
一群雏鹰，随时在练习飞翔的姿势
当喇叭裤穿过嘈杂的时代
他们一个个翱翔蓝天
无论戈壁、城市、远洋，总会有
一根红苔的藤蔓
将他们与这厚重的丘陵牵连

左 耳

年迈的父亲用沾满汗水的家书
让我跪倒
并竖耳倾听
那些麦田里劳作的呼吸
一张一翕
从我的左耳,像鱼群游过
旋风般穿过我的五脏六腑
全身电击般
疼痛

某一天,我开始模仿父亲的手势
高高拧起孩子打着耳钉的左耳
把纯朴的母语灌进去,并
矫正她左顾右盼走路的姿势
迎着异城的风雨、秋霜或骤雪
径直走下去

父亲的双手

父亲的双手，年轻时
粉笔灰染白了清贫的衣兜
还曾为四邻八方的乡亲
靠医术唤醒了他们的猪崽，和干涸的愿望
如今，这双手布满老茧
却固执地要亲近，生锈的锄头

父亲的双手，原本可以
在舞台上挥动马鞭，像杨子荣般壮志得酬
如今这双手，测量血糖的针孔纵横沟壑

父亲的双手，多少次用墨水拍打我
在异乡，要保持堂堂正正走路的精神抖擞
而今我在一次次的视频聊天中，渴望
看到站立在那双手背后的
玉米、南瓜，与祖屋、青山

童 年

童年在我的乡下
是铁环滚出的动词
是蜻蜓、蝴蝶飞舞的形容词
是小鸡、风筝与挑粪的大伯
搭配的七巧板拼图

童年的玩具，靠竹子、木头以及
泥巴、纸烟盒限量版打造
童年的糕点，在玉米、红薯
与邻居院里的桃李之间
遮蔽，所有贫穷的概念

如今呵，童年的许多喜悦
急刹在陌生又熟悉的村口
急刹在：两三炊烟、四五老牛与
一口干涸的堰塘
荒草侵略的山坡

我的回忆

我的回忆停留在，坐飞机要花
两个半小时到达的四川盆地
停留在，坐火车去成都要辗转
八小时的西充县城
停留在，坐班车到县城要赶
两小时土路的同德乡镇
停留在，去乡上赶集要徒步
翻山越岭一个晌午的崔家湾
停留在，湾里我年轻漂亮的么姑——
当我不小心踩伤，家里用来
下蛋换盐的小鸡
我的腿电击般战栗。她擦擦眼泪，转身
背我回家吃饭

告别辞

骑匹老马，披一身尘衣
缓步在阳光肤色的人群中
仔细辨认，这西部县城风的方向

脚步慢些，再慢些
好让泥土里长出的这些
热气腾腾的方言和川北凉粉
喂饱我的肠胃。可是，可是呵
东门桥已没有桥，化凤山早已
见不到凤凰

匆匆，向街口老态龙钟的黄葛树告别
万里之外的东海，手机不停地催逼
我和我的老马，到了故乡
为何心，却仍在路上流浪

以梦为马

伊在梦中的低吟像冬夜的炉火
时隐时现，烤暖你风雪夜归的
寒衣

柴门之外，你在一个个城市打猎
有时候你也会在荆棘密布的人潮中
一脚踩空，成为豺狼野豹们的猎物
你在黑夜里不停擦拭
那些信马由缰的泛黄照片
猎枪锈迹斑斑

明天又该是怎样的天气
你决定像海子那些诗人们一样
骑一匹黑骏马在柴米油盐中奔跑
头颅依然——
微微昂起

叫　魂

暮色。母亲独自站在田埂上
一遍遍对着田鼠、河流和路过的风呐喊——
菩萨们，快些把我儿的魂
还回来

自那以后，母亲叫魂的声音
被我收拾进行囊
遇到雨雪天气，我总会
小心翼翼地拿出来晒一晒

此刻。我端起文字喊故乡
没有母亲的乡村，就连
鸡鸭、柴犬和炊烟全都保持静默
我多想让它们帮我再次找回
母亲唤我的那个乳名

一根白发

仿佛青草丛里，突然
冒出一首白色的挽歌
草尖上的露珠，任岁月轻拂
又仿佛一道白色的护栏
让我猛然止步，放下许多的执念
更像是一支银光闪闪的长矛
刺向我衰老的心脏
女儿，花季的年龄啊
我多想为你摘除掉
那一根白发带来的忧伤

书　写

无须见诸史书的一页喝彩

祖父以锄为笔，叩石垦荒

独自一人在崔家湾荒芜的山坡上

每天喝着晨露，迎着朝阳，与风霜

写下一株株朴素的松树、柏树、桉树

写下庄稼人对生活绿色的渴望

树上的云雀们常用繁衍一窝窝

子嗣的方式，感念

祖父高举农具，一次次敲打顽石的声音

至于他没来得及书写的

那些留白，等着我

用双脚去四川盆地之外

一步一步，恭敬地完成

祖　屋

此刻，祖屋就站在那里
站在父亲从千里之外发来的微信群里
站在老家蓝天白云之下
有些苍老，脊背却仍然挺直

那门口的柴垛
一定还藏有我儿时泥捏的玩具
那土墙上斑驳的图案
一定还涂着我对走出大山的渴望
那个就着柴火啃书的饥饿少年
如今却捧着保温杯泡上枸杞
在一个接一个的文件会议中
两鬓染霜

此刻，祖屋就站在那里
逼视着我
老泪纵横

七月有感

火焰流淌，许多具躯壳选择
在人世间裸露。一张绿皮火车票
载着我和幼年的我，飞越
钱塘江流域和江汉平原
回到盆地去。向一株老槐树
裸露灵魂

那株老槐树下，年轻的母亲
曾在月亮躲起来的夏夜，面向
路过的风、星星和每一位神仙
呐喊：快把儿子逃跑到山外的
灵魂，还回来

绿皮火车

枕我疲惫的头。它一路
飞跨钱塘江、浔阳江、汉江
急急地，奔往嘉陵江——
它是诚信的转运使，要把我
运回 1988 年的秋天——
那时我站着，笨重的木箱里
藏着离开盆地的 108 种愿望
根本没有听见
撞击铁轨时
它咣当咣当的疼痛

沉　浸

上山祭祖的时候，天下着雨
道路泥泞。我背起稚子，穿过
一丛又一丛占山为王的刀茅草
急急，向祖宗们报到

燃起一堆纸钱，烟雾腾空
先祖们忙着在雨中取钱，并不理会
稚子从海上跑来认祖归宗的虔诚
返程的路上，刀茅草再次割伤
我和孩子的手臂

那丛祖宗坟前的刀茅，自带剑刃
尽管它们，偶尔也会
向生活低下白色的头颅
它们停留在我的手机里
好多天，我无法从那丛刀茅草里
抬起头来

母亲节想起母亲

无非聊些家常。电话里，母亲隔三岔五飞过来
拎起工号桌前，我三心二意的耳朵
"我身体莫得问题""不要再寄东西了"——
一次次，年迈的母亲像窗台上
只会报喜的喜鹊。绝口不提
她多年的隐疾，与正在经历的病痛

母亲还在弟弟发过来的视频里
在偶尔聚餐、会友的隆重场合
用鲜艳衣服伪装。一改黑白照上年轻的朴素
而那漏风的微笑，却没有任何首饰

妇女节，母亲节……母亲的词典里
只有六一节和儿孙们的农历生日
她常将老家的花生和祝福快递。我却至今
吝啬着一句诗行、一束鲜花、一次拥抱
唯有电话里，一回回命令式重复——
"不要再节约钱""多吃水果"

卸下全部行囊

我在故乡的山坡越走越年轻

只是啊，只是我看见的炊烟

已是夕阳西下的落寞

清晨，有风吹过

记不清这是第几次送你去机场
你说我是你的时钟
提醒你，别错过每一次跋涉

远方有香槟，也有群鸟的击杀。

这个盛夏的清晨，一天中最凉爽的时刻
大多数时间，我们在生活的艰难里
挥汗如雨

此刻，风中有茉莉花的清香
我拎着你的行李，并肩穿越
蒸笼即将覆盖的城市

湿漉漉的春运火车

翻山跨海。急匆匆地穿过
繁华，与凋零。穿过
湿漉漉的世道，穿过昨日，与今日——

朝着无数红灯笼张望的眼神

碰撞声里，铁轨再次将疼痛
蔓延心野。那些随风滋长的杂草
翻滚又后退

越过秦岭，空气骤然清新
两三只飞燕，衔来塬上久违的绿色
夹道，相拥

这湿漉漉的火车，开在
湿漉漉的春寒里

落进身体里的月光

如 X 光，检视身体里的
暗疾。这么多年
我盲人一样行走
在异乡铺满霜雪的板桥

她是何时滑落进我身体里？
杜鹃鸟不啼。我身体已然一口古井
而那月光，分明带有母性的体温
偶尔在心波里，抚慰，荡漾

茅草屋，炊烟，柴犬，黄葛树——
每当我向尘世低头
这清凉的月光
总会召唤亲人般的他们，联袂出场

人生若只如初见

说这话时，已是门掩黄昏
你款款以茶代酒，洗涤
我半世的流离

许多人与事，在滚沸的茶水里
浮沉。摊开你我的掌纹
命运线竟有无数条走向
沟壑纵横

若只是在薄雾的小城
砍柴，喂马，看炊烟的起落
任陌上薰衣草，一季季开满
我们的墓碑

一棵纯白的树

早我千年，抵达杭州法雨寺
只为凛冬这场，雪花般无尘的雨么？

风起至北方。你撒落数万瓣经文
聒噪的寒鸦，贴着我沾满泥巴的裤脚
静静地沐浴其中。连同我们的阴影

依然有人骚动，手机对花朵是一种侵占
一支送葬的队伍，缓缓从树下走过
白色潮起，潮落

抬头，忽然想起人世间，走散多年的伊

再回首

你微翘的嘴唇，泄露了
济州岛上那些冬柏花与海浪的秘密
我看到一群蒙古马躲在背风口
它们是我的前世。沿着黑鸦的指引
我，继续向传说中的石头城跋涉

经年以后，我的血管里
流淌着不忍卒读的经文
马蹄声早已消逝在城郊的荒冢

只有在黄昏，与一株枯梨树对话时
我才肯说，当初你在岛上放风筝的长发很美
那根长长的风筝线，为何要被琐屑的红尘
一刀两断

鞭炮声在梦里隐隐作痛

大地开始灰暗的时候
丰腴而鲜红的柿子从树上
坠落，像女人
一点一点掏空秋天的心脏
暴风雪正狞笑着赶来
古老的村庄猝不及防

我那鸡犬欢唱的村庄啊
麦苗尚幼，只有老牛在村头
倔强地昂头。守护背后的炊烟

而城市里鸟鸣稀少
就连沿街商铺，也纷纷落荒而逃
错过了无数次果实和词语的
翩翩起舞，鞭炮声在梦里隐隐作痛

想念一场雪

忘记了具体年月。大雪
说下就下。天空抖落一层层白发，覆盖
华北平原那些黑骏马踏过的河流，以及
藏着炊烟的农舍、热恋之后的草垛

白桦林裸露出黑色的伤口
一排排向后倒伏。从北京西站动身
我就一直忧郁地望着车厢里
如莲花般端坐的女子
下一个隧道之后
你就从我的视线起飞，像
一只白色的蝴蝶

或许，还未等到隧道口出现
我就闭上了双眼。那些扑簌簌的雪花
在车窗外，无声无息
就像此刻，我老泪纵横
铺开的宣纸，听不见
一丁点儿骨头的呻吟

晚　祷

躲在一棵杏树下，让夏天的烈日

一遍遍搜身、拷打，并请带走

我六岁的生命

除了恐惧、自责，我垂头合掌，没有一丝遗憾

我一遍遍闪现，那只黑猪，那庞大的怪兽

跳过猪圈，哼哼唧唧，甩着尾巴

掀翻襁褓中的弟弟

我惊叫，夺门逃跑，想象

巨兽啃食弟弟的场景。

直到夕阳，找回田埂上的母亲

拿着明晃晃的镰刀（那一刻我闭上了眼睛）

直到她疲惫、轻柔地唤我，回家

直到若干年后，我仍会想起那只黑猪、那把镰刀

仍会在拥挤的城市，偷偷找个角落晚祷——

当不测的命运，朝我的亲人们

潮涌过来

第二辑 / 生灵书

我把梦给了蝴蝶

我就是庄周，就是蝶。梦是我们
遨游八荒的飞船

我轻盈，我飞舞
我挥动宽大的道袍
拂去尘埃、浮名以及肉身的羁绊

我忘了破茧的疼痛
那厚厚的茧
是黑暗，是枷锁，是宿命的安排

我看到梁祝，我的兄妹
在一架老旧的黑钢琴里，翩翩起舞
彩色的爱情
那些落难的君王、诗人，望着我
把填好的词灌进酒杯
我恋花，恋世间所有蓬勃生长的植物
恋被摧毁的凄美
恋明月照拂松林
恋一泓清泉，流过梦枕

清晨听到鸟鸣

这些早晨的歌者，在富春江畔，争相向我
吐露东吴孙氏的秘密

他们的嗓音，像剥开箬叶的粽子
鲜亮，圆润，是非遗的传人

他们世代居住在，黄公望的山居图里
那些早已上岸的九姓渔民
是他们的异姓兄妹

我努力想拨开云雾，仔细辨认
他们的模样。只看到满山翠绿
扑向我，沾满尘埃的旧风衣

笼中鸟

这荆棘包裹的，就是你

一生的笼。你是只笨拙的鸟

尽管曾深陷一场大雪

深陷一只笼子

但你总爱回忆，飞过的草原与江河

那些花香、那些绚丽的云彩

即便囚禁在笼中

你也要仰头，吮吸每一场

不一样的朝露

困　兽

你早已失去狂奔猎杀的本领
甚至忘了乞力马扎罗山上
雪落下的声音
方寸之地，隔着水沟和电网
你眯着双眼打量，人群来来往往
你看见不同肤色的胸腔里
都躁动着一匹非洲草原的同类
你懒得挪动身子。地表温度
越来越高——
栅栏之外，游动着无数个
像你一样的困兽

云中鹤

踩过无数沙砾
我的双腿已不如鹤般直立
天空布满流言之箭
此刻，落日下拄杖戈壁。不妨依依，东望——
那晨曦里的女子
那云水间悠游的仙鹤
耗尽一生，我依然走不出
这幅古典的江南水墨

蛙　鸣

许多年，我的耳朵里塞满
各种嘶吼。火车撕裂故乡的青山
打桩机撞击灰色的城市
洒水车嘲笑晚归的行人
消防车和救护车，一红一白
突然在生活的拐角狂飙
我的双耳一度失聪
而蛙鸣，总是和稻谷的清香
联袂出场
就像乡下祖辈们遗失在族谱里的
劝告
在某个深夜，忽然
敲疼，我流浪的灵魂

与一只麻雀对话

那些春天的草籽，是你偷偷
撒进花园的么？
而我窗台整夜的寂寞，也是你
趁着晨曦，叼走了吗？

短小，灰褐色，毫不起眼的
麻雀。跟写字楼里毫不起眼的我
一样，缺乏鲜艳夺目的衣裳
缺乏，鸿鹄的志向

而天空派你为信使
在菜园，在金橘摇晃的枝头
刻下你的唇印。让尘埃里的我
读懂，在低处振翅疾飞的生活

溪　鱼

那条硕大的溪鱼是主动跳筐的
我一直深信，它看清了也听懂了
赤膊少年击打溪水的笨拙、焦灼
（毕竟第一次向大自然讨要奢侈之物）
瞅准时机，纵身一跃
粉身碎骨成最好的补药

病榻上，祖母
翻动干瘦的身躯
灶火过节般明亮
在缺油少盐的岁月

那天的溪水，流淌着透明的慈悲
直至溪水奔涌，汇成
汽车嘈杂的洪流
我变回一条溪鱼，随时准备
为世间所有值得粉身碎骨的事物
纵身一跃

故乡的鸟

无界限地亲近田野、庄稼、农具
故乡的鸟，是童年的玩伴
是我与天空的信使
是所有我关于飞翔的秘密

故乡的鸟，没有华丽的衣裳
不像动物园里千姿百态的鸟群
它们千奇百怪的语言
常常使我，陷入孤独

在我栖居的城市
故乡的鸟，几声啁啾
连同父亲挥锄时的咳嗽
总会把我的梦枕，打湿

锦　鲤

她们是云朵中飘逸的仙女

穿着红、黄、白等春天的霓裳

偶然降落在我的尘世。摇曳着欢愉

每一次转身，一颦一笑

都会轻轻地勾走，我中年的卑微

我成了芭蕾舞团的团长。习惯和这些

水中不停舞蹈的艺术家们对话

我的富有，让日月、星辰以及鸟鸣

都聚拢到这一方波光粼粼的池里

睡莲也被我唤醒，陪这些仙女们捉迷藏

就像唤醒，我那些流逝的青春

此刻，北方吹来的沙尘暴

慢慢在庭院，停下狂飙的脚步

云很淡，风也轻柔了许多

我是盆地放飞的一只鸟

一只鸟，从嘉陵江畔起飞
越过秦岭，故乡就丢了

我就是那只，被盆地放飞的
鸟。我还记得出生时的巢
紧贴一条山路的胸膛。四周没有
名贵的药材、鲜艳的风景
除了头上经常变幻的云朵
就连周围的蕨类植物，也跟
乡亲们的服饰毫无区别

我认得那条山路
它的每一道拐弯，每一处
与悬崖血肉粘连的石阶
常常清晰地活在
我飞翔的梦里。我常常困惑于
沿海忽晴忽雨的天气

请将杜鹃花开满那条山路吧
我的盆地，当我拖着疲惫的肉身归来
请再次赐予我及孩子们
绿色的姓氏

雨中的麻雀

它四下张望，神色凄惶
兄弟姐妹们都逃散了

樱花树也被这场暴雨抽打
落下来的花瓣，就像是撕碎的婚约

趁雨势减弱，它鹰一般俯冲下来
狠狠叼走地上的食物

在它曾一枝一叶垒起的爱巢下
躲雨的我，看着看着，仿佛就看到
另一个自己，在雨中流浪

我就是庄周，就是蝶，梦是我们

遨游八荒的飞船

西园寺的猫

竖起尾巴任游人抚摸，或者
钻进香案听佛祖传经
西园寺的猫，在僧俗两界
是一只快乐的信使

你看，它敏捷地跃上樟树
诵读，寺外的雨露
它不肯守着湖心亭那只
四百多岁的神龟，倾诉
渡劫之后的心事
二月的寺庙，梅花与香火
次第红艳

它躲进游客们的手机视频
或者，躲进那些虔诚者抄写的经文中
躲进，少女们排队向禅师
咨询姻缘来路的
心跳里

五月，闻啼鸟

云雀们没有劳动节，它们是
忙碌的心理咨询师。在我窗前
用干净、透明的长短句
叼走五月黑夜的疼痛
它们之中，一定高踞着一位
清晨的国王
从一棵树巡视到另一棵树
大声发布诏令。催促我
举锄，除去心中杂草
让匍匐在地的玉米、红薯苗们
快快伸枝展叶
就像我匍匐在爱人的唠叨里一样
这些快乐的布道者
当我挤进上班的地铁，它们
雨洗过的原音
并没有，集体消失

假如羽翼沾满尘土

自你怀抱《诗经》离开鸟巢
你无比珍惜，每一枚
飞掠湖泊、草原、戈壁、高峰的勋章
极端天气常让你的羽翼沾满尘土
偶尔，也会被树枝缠绕
被毒蛇咬伤

不妨把翅膀慢慢收拢，跟随
苏东坡遥指西湖的手指
看黑云如打翻的墨水，卷地风来
两岸青山，岿然不动

你的身子，紧贴着薄凉的尘世
而作为鸟类，至少还有羽毛，还有
蓝天的向往

我无法唤醒那些花朵

那些花朵，在静园沉睡
烟枪是古老的囚具
那些花朵，被少帅藏进留声机里
旗袍摇曳，督军们用酒杯碰撞江山
那些花朵，在袁氏故居的木楼梯间
氤氲着异族的幽香

海河的风刺骨，隔着窗户的
阳光少有危险
那些墙上黑白的青春，如果
没有战争、算计与颠沛，该有多好
此刻，我无法唤醒那些沉睡的花朵
就如我无法唤醒张爱玲旧居前
那捧着瑞幸擦身而过的皓齿

离开是宿命。人生就是一场接一场的告别
趁弯月镰刀般，悬在纯蓝的夜空
我挥手，眼底竟涌出一缕缕
琴弦般的忧伤

一朵花的隐喻

黛玉葬花的四月
我正打马在江南流浪
那晚的月亮很冷，花的光芒
刺痛我饥渴的眼神

我捡束鲜花悬挂马首
表面风光地仗剑江湖
却低估了寒冬来临
风霜侵蚀刀剑的疼痛
也忘记了诗友屠格涅夫的酒话
没有雨露与阳光的呵护
花朵枯死于日子的琐屑

多年以后　在长江看见
自己老去的倒影，居然是
一朵花在蔓延

前世的梨花

我应是唐朝那位打马走过的士子
偶然坠落，一场梨花纷飞的阵雨
有鹤惊起，从寒凉的池塘
清冷的月光，映照出你洁白的叹息

人间许多事，古琴摔碎也不能平静
行囊里装满风沙与烈酒
阎王错按了《罗盘经》，却没有
抹去我眼里
那一树梨花的白

这是怎样一种无可奈何——
声声慢
我踉跄的步伐，一会儿在前世
一会儿在今朝

我们谈论梨花开

没有诗与酒。也不会关心
一株梨树站在土屋后
分娩的疼痛。我们谈论梨花开
就像谈论，春风到来的
确切夜晚。谈论何时
买种，锄草，施肥，给病了一冬
的庄稼地，种下
久违的绿色。种下
老伴的药钱、娃儿的学费

良渚的野花

是谁给它下的蛊？
一朵野花，兀自在良渚古城遗址上怒放
经历五千年的转世
承受人世间的暴风和沙砾
还有那些野蜂，在四周不怀好意地飞舞
这朵野花，它还在痴痴等候谁？
时间如利斧，一瓣瓣砍掉花的铠甲
在江南，这人类文明起源的水乡
这朵叫不出名字的野花
竟然倔强地，吐露出
如此浓郁的芳香

那丛站立的玉米

那丛玉米，站立在塑胶跑道前
羞怯、自卑。就像离开溪水和蛙鸣的
乡下儿童，突然站在城市的高架桥下
被燥热的风，捆住了手脚

操场上，每天都生长着奔跑的哨声
阳光和欢笑也从不缺席
而那些玉米，颜色土得掉渣
偶尔只跟低矮的灌木丛，在看不见星星的
暗夜，用家乡土话倾诉

多亏了那些园丁。她们喊来江南的雨水
公平地滋润万物。每一株玉米
自由地挺起胸脯，哪怕——
不争名次，默默长高

当秋天的白云检阅操场
玉米们也将奋力撑开小伞，绽放
果实，和饱满的颂词

桑 葚

你可以叫它，夏天的眼泪
躲藏在故乡阔大的桑叶之间
黑色的结晶，偶尔渗出
乡愁的血液

你可以叫它，救命的菩萨
大饥荒年代，一颗颗灵丹妙药
救活我的祖父和他庄稼地里
被狂风吹乱的子女们

你还可以叫它，土得掉渣的水果
在高烧不退的城市。那些
蚂蚁爬过的桑葚，那些
容易让鲜艳唇膏变黑的桑葚
羞涩，自卑，迟迟不肯
走进城里人白皙的胃里

柿子：冬天里的一种隐喻

天空苍老，铅一样下坠
一枚枚柿子，饱满，娇羞，像新娘
偏要在冬天，嫁给
树叶瓣瓣剥落的生活

她们心里，揣着一座座慈悲的庙宇
一任北风，昼夜刀削斧砍
红红的渴望。岁月如千帆过尽
一团火，仍在燃烧

她们终将成为一种献祭
路过的飞鸟，一点点啄去肉身
彼时的大地，静静躺卧
如流泪的我，亦如
萧瑟的父老乡亲

格桑花

念着她们的名字，我总有一种
高海拔的战栗

粗粝的太阳、风、苍鹰
是她们每天快乐的玩伴

在大昭寺，在茶马古道，在牧民卓玛家的牛粪堆旁
我都见过她们的笑：圣洁，鲜艳，羞赧。

她们盛开在，卓玛高原红的脸蛋中
盛开在峭壁，藏民赶马的歌声里
盛开在江南，我落雨的屋檐下

栀子花

是那种喜悦的清香
五月，小区树丛中弥散
一种蜜
像遥远年代
堂姐抹的雪花膏
乡野般浓郁
纯洁的白

而在我栖寄的城市
一根细铁丝，刺破它们
娇小的身子
摊主们面无表情地
用这些哭泣的花儿
贩卖爱情

玉　米

跟泥土里的红薯、土豆是表兄弟
都是我童年的肯德基、麦当劳、汉堡包
但与红薯、土豆等匍匐于风的植物们不同
玉米，常常鹤立鸡群
它威严列队的姿势，站起了庄稼的尊严
绿色的长臂，喂养我和小伙伴的精神世界
躲猫猫。或者把它的几缕黄须、红须和白须
粘在嘴上，模仿乡下古戏台上的跨步
我们成为田埂上的将军、君王与良臣

若干年后，在一些星级酒店
我看到被肢解的玉米。被一堆冒着热气的牛奶簇拥
在高贵的器皿里，瑟瑟发抖。
我用不锈钢菜夹，夹起它时，我的手
也在，微微战栗

油菜地

必须抱紧兄弟姐妹，向阴霾的冬天
旗帜鲜明地，宣示
蓬勃向上的力量

此刻，行走在油菜们中间
仰视他们一个个绿色皮囊内
涌动的岩浆。这多像贫瘠土地上
我那些膜拜太阳的父老乡亲

用不了多久，瀑布般的
金色光芒，就会在大地上
一泻千里。纯粹，炽热

新学校的植物们

那棵柳树回家的时候
贺知章老爷爷正在杏坛端坐
有曲水弹琴。回廊上的诗篇
尚留些许唐朝的酒香

等到木槿花露出粉色的笑脸
保安叔叔的爱情，开始溢出
秋天的甜蜜

而那丛竹子正在节节拔高
无数个哈利·波特每天都在练习
骑着七彩的梦想，遨游

在江南初中，所有的植物都是外来户
就连这所学校，也还来不及
向宇宙正式报到
他们全都坐进了一艘飞船
静静等候，太阳盖一个信戳

麦草垛

将金黄的麦子，献祭给粮仓
之后。他们衰老的身体
躺下来，挨挤在一起
相互取暖

等到雪花飘落，他们还会
被抽取出来。他们最终的命运
或是扔进马厩，或是焚身灶火

他们在大地上，一堆一堆
堆积成无言的墓碑
这多像我那些，失联多年的
大伯二婶
留守在我，年轻的故乡
呼唤着，跟我一样被风
吹散了的麦粒们

那些活过来的野草

需要一场春雨、一场阳光。

野草，从悬崖上、石缝间、乱坟岗

勃勃重生

它们起劲地伸展叶子

加速度呼吸空气

在工厂、商场、电影院、火车站、机场

涌动的人潮

都带着野草的气息

他们重新，挨挤在一起

把活过来的春天

彼此传递

花到荼蘼

语言已经枯萎。就连浇水的瓢
也被你藏在，生活的帷幕之后
我净身出户
只带着一朵荼蘼

据说，荼蘼花儿的翅膀
要到死亡，才会飞翔
我在无数个寂寞的长夜，看见过
那种飞翔。伴着流星雨或者月全食
我大喊大叫，说尽一生来不及说出口的话
世间所有花朵，集体默哀

只有在灵隐寺，我才能
捧起一把无爱亦无恨的土壤
保佑一株彼岸花

茄　子

有人说你纤细的身材，代表长寿
有人说你漂亮的花萼，是顶官帽
更多人笑对镜头，高举手势
喊出你的名字——

多么美好的期许。你紫色的弧线
是夏天闪亮的耳坠

而我只看到呛人的辣椒、乌黑的酱油
它们是你的宿敌，抑或朋友
是你必须接受的——
植物的宿命

花落，春仍在

樱花抖落一夜，春色在院子里也
抖落一地。我望见孩子的头发
朝天空又长高了一寸

不必忌讳谈论，一株树分娩的疼痛
花事是她对人世间最热烈的
拥吻。之后分离，归于沉寂

而无数根绿色的枝丫
正迅速缝合，树的伤口
在这个四月的午后，在一株樱花树下
至少春天还留下了诗，与酒
让我陪着孩子，在汉字堆里攀登

花的心事

翻开我过往的诗歌，竟然从未
为一朵鲜花，准备好颂词
我笨拙的中年，流浪的中年，不堪的中年
竟然，缺少一朵花
让脚步停下，让手机战栗

桃花、梨花、海棠、樱花、月季……
那些名字太俗。我要寻的花
应开在南宋的杭州，开在诗，与酒，与春风
自由放松的野山坡

彼时，花在月下的心事
我在月下的心事
都可以抚琴、写诗、佐酒

牵牛花

是织女在森严的天庭
偷偷撒下的种子。那么顽强、鲜艳、奔放
是青鸟把它衔到人间。亿万年来
于无数怨女痴男心中，开出浪漫的向往

这饱经沧桑的花儿
每一朵粉中带白的喇叭，都在传递你的美
蛛网蔓延过岁月的矮墙，野猫在古寺打盹
扯断那些根茎
扯断我和四川盆地的书信，而

那些清脆的声音，仍会在七夕之期，偷袭我
苍老的梦境——
如夏日骤临的雷阵雨

第三辑 / 人物书

端午，怀念一位诗人

整个山川湖泊，都在念一个名字
这一天，人们用粽叶层层包裹
一位诗人

那天的汨罗江，划破楚国一道血口
那天的端午，乌云碾压着江面
冷水刺骨。他抱着石头沉江
不像李白下河捞月那般潇洒
也不像耶稣被人钉在十字架上
他清白的长袖里，藏有无数滴
哀民生的雨水

而雨水饱满的节气，唯有
奋楫向前的龙舟，才划得动
一位诗人的《离骚》与《九歌》

三月，邂逅苏小小

带些阳光、花香、鸟鸣、酒
该把你从西泠桥唤醒了
南北朝的裙摆很宽，江南很窄
与你擦身，西湖水为之一颤

世间万物，都在三月的
明媚里，拼尽心血
绽放。你看，白居易、李商隐们一个个
在你衣冠冢前失魂落魄
"何处结同心，西陵松柏下"

陌上有马车，缓缓归来
唯有西湖山水，不可辜负

过文成，谒刘基庙

整个文成都在你的羽扇之下
中国东部这座县城，以你命名
你的墓碑好高大

50 岁出山，算不算太晚
重返山林时，那棵苦槠树遭遇了
几次雷击？你的羽扇，是否还能
拨开"帝师""王佐"的重重浮名
邂逅文成乡野的慢生活
尝一口朝廷快马送来的瓯柑，有没有
"金玉其外，败絮其中"
拄杖百丈漈，要不要再邀大自然对弈一局

郁离广场，风中是否还散发抑郁之气
跨过三立桥，诗人慕白兄
一声浩叹。秋阳正好

致李清照：那时的风卷起窗帘

只一盏茶、半卷书，没有巴山夜雨
当那时的风，卷起生锈的窗帘
你的爱情，又比黄花
瘦了三分

田野里的红嘴鸥
不再争抢，醉意阑珊的野渡人
仅剩的欢笑。它们也不用再传递
千里之外的书信

若只是，鸥鸟携着几许
苍老的风，划过
我心中深藏不露的禅寺
我定会提一壶绍兴黄酒
对酌，与你的《如梦令》

写给陶渊明

东篱。呒酒的秋菊优雅盛开
你瘦削的手指
醉意阑珊地遥指一个朝代
有山鸟从薄雾的终南山飞出

荷锄归来
你挥洒躬耕后苦咸的汗水
和着窗外风雨
在竹简上，颤巍巍地画了一个桃花源
让我和无数个我慕名而来游进游出
而你独自掩上茅庐
怕听催租的差役深夜猛击
那些黑暗中瑟缩的柴门

终南山又如何是一方净土？
不肯折腰的你挥动长衫昂首而去
晚年却拄杖乞讨
此刻，泛黄的线装书在我桌前，选择性眼盲

我心安处

列车与铁轨凄厉的喘息
凄厉了许多年
我在凄厉声中被甩成一尾游鱼
越过秦岭
故乡就丢了

黄河故道，我被一个叫苏东坡的老乡
捡进宽广的衣袖
陪他一起抵御洪水，在山亭放鹤
后来又陪他疏浚西湖，与禅师们聊天取乐
我发现：没有任何一种风沙
能够吹垮这位宋朝老乡
把酒问青天的豪迈姿势

也没有任何一种天气
能够阻挡我在苏老乡的酒杯里游弋
并终于闻到故乡
茉莉花的清香

谒阳明故居

握剑的大儒，从河姆渡就开始邀我
瑞云楼前排队扫二维码
扫去依附身体的各种符号
天空返老还童，婴儿般蔚蓝

比起龙场驿那古洞的阴寒
我们对沉迷象棋、逃学边关的顽劣
假装更感兴趣
廷杖的疤痕，深嵌你我的肉身

照片赫赫，那是五百年后的事
声名飘山过海——
有多少是迷失内心的世人
据说，鸡犬也曾让这故居不宁

姚江开阔，不妨去故居前的古镇走走
讨杯苦咖啡——
"此心光明，亦复何言"

一念江湖

龙场那座山洞，蝙蝠和山鼠是常客
你常与他们对弈，笑谈
此外，山风偶尔也会过来串门
医治你被朝廷廷杖的中年

你打坐，禅思，将山洞视为石椁
江湖已死。
半夜，你忽然惊起。狂啸
面朝冷月，直指内心
世间万物的枷锁，一一瓦解

此刻，我在一朵忍冬花前踟蹰
闹市里找不到藏身的古洞
蝙蝠和山鼠却时常惊扰
我的江湖

在宁波，怀念王安石

你是王的人。你却挽起裤脚，走到一群泥脚杆中间
20多岁的年轻县令，把敢为天下先的火种
播撒在青苗与稻谷之间
播撒在庆历七年，鄞县乡民的心坎上
千年之后，火种仍在东南沿海蔓延

据说你还携带诗文，与醇酒
从深山里请出山野硕老，请出庆历五先生
请出进士、状元，请出一大批院士、栋梁
面迎台风，你教会海塘一套搏击的拳法
你终于成为宋朝的一块柱石
身形虽瘦，屹立不倒

百姓安才能朝廷安。你用脚走出的道理
刻在荆公塘、半山亭、鄞女亭，刻在东钱湖、孔庙
刻在宁波的山川、典籍里
有人说你迂腐、执拗、不通人情
春风又绿江南，我慕名而来
"闻到墙角的暗香，迎着寒风独自盛开"①

---

① 化用王安石《梅花》诗句："墙角数枝梅，凌寒独自开。"

谒于谦祠

谦，很杭州，很书生。但只有
千锤万凿，才配得上，你的铁骨。
存亡之际，你托举一个将倾的王朝
那振臂高呼的举动，惊世骇俗
故乡西湖的柔波，也为你平添
三千丈的白发

我望见一堆烈火，正在焚烧
你石灰一样的清白之躯
我们鱼贯而入，在西子湖畔的祠堂
肃立，致敬，默念你活下来的诗文、家书
忽有两股清风，徐徐扑面
仰头。你站立正堂，正挥舞双袖

写给李煜

他们说，那东去的江水，都是你在词里流的泪
而我分明看见，殷红的血

溅在春天的桃树下。大周后挥舞霓裳羽衣。

他们不会告诉你，率真如我的人
不宜做王。只有王国维悄声耳语
你是释迦，你是基督，你用笔
慈悲地拂过早晨的寒雨、傍晚的风
拂过春花、秋月
拂过别人递来的千机药。

太匆匆啊，一管凤箫，吹断
多少前尘旧梦。

小楼又东风。所有把栏杆拍遍，往事不能了的人
都是你的臣民。等你驾月归来

与影子同行

其实，李白下河捞月那晚
我正陪他在长江的一条船上对饮
他把影子脱下来给我，而后仰头一笑，就跟月亮走了

从此李白的影子跟着我
在桃花潭边邀乡下朋友下棋
在青城山顶跟道士们品茶论经
又在天姥山与一群诗人大醉一场

唯一遗憾的是，没能在长安街上风光一回
我卑微地生活在尘埃里，披上李白的影子
脚步，竟也迈出了大唐的气度

草堂寻老杜不遇

半城成都人都跑过来
扫码购票，听耳机讲诗，自愿带娃
你绝对想不到的流量呵——

想不到的，还有你的草堂
草没位置啦，堂上挂满了
金碧字画、达官的笑、辉煌的琴

至于茅屋，属于拆迁钉子户
我望见那丛倔强的茅，风雨吹不散
却被一堆文创馆挤压，包围，嘲讽
就连花径，也朝盆景园卖弄着姿色
也许，周围还会冒出麻将馆、茶馆……

21 世纪就这样，盛妆款待着一位诗人
老杜，千万别躲在秋风中长歌

药 引

此刻。一杯黄酒在你的袖里洒出
江南这条河流，顿时染哭了
你从金戈铁马的战场归来
母命，家国。你的脊椎早已病入膏肓
而你胸腔里呐喊出那些滚烫的文字
把红颜的薄命焚烧之后
你悲哀地发现
后世男女打卡的队伍纷至沓来
把沈园，当成了爱情的药引

你瘦削的手指

醉意阑珊地遥指一个朝代

有山鸟从薄雾的终南山飞出

大雪中去见一个人

不是《诗经》里重逢的伊人
也不是保俶山上炼丹的葛道士

风狂，容易迷失方向
你只管携酒赶路，胸腔燃火

间或两山寒鸦，叫声如黑钟
引向密林深处

大雪纷飞，似箭，如盐
从 1142 年下到如今，风波亭低头不语

过绍兴，读先生

乌篷船还在，乌毡帽还在
城墙上
你的一字胡须也添上去了
吐出的烟雾，与火花
让绍兴的流水很沸腾

刻字的书桌，游人如鱼群穿梭
在咸亨酒店要了一碟蚕豆
二两黄酒，戴眼镜的书生
仿佛还留着长辫
典妻的人，忙着去富人家做保姆
闰土的后代，盖起了好几幢豪宅
景区里，间或看到有人还在
售卖彩色馒头

还是去百草园吧，在那里
我也许会听到：你的呐喊

给我指路的人

在岁月的山坡，我不断擦拭
那些声音
还原青铜的锋芒

那些声音，藏在线装书里
藏在我的行囊中，藏在每一个
月色迷茫的渡口

他们来自千年前的先哲，来自
古道热肠的前辈
来自，我迷路时的陌生人

常常，我的灵魂会因他们的指引
增添重量。雾霾天气我也学会
向走散的羔羊，发出热情的鸣叫

风儿为你轻轻吹

天空本应把一片蔚蓝

给你的童年，连同彩色的蜻蜓

轻柔的风。吹拂你双眼

越陷越深的度数

此刻，我却俯身在书堆里

拧出你的左耳

就像年迈的父亲，在田间

把活蹦乱跳的秧苗

摁进，一道道工工整整的

格子。并不理会

风的疼痛

一次轻微的战栗

慵懒的太阳在午后打着呵欠
就像此刻，我用慵懒的手指
无意中触碰朋友圈一则视频
一位患肌肉萎缩症的女子
写下她度日如年的诗集《二十岁》
她告诉世人，生命越来越枯萎
但哪怕在大地上缩成
一个小圆点
她也要把努力活着的勇气
无限拉长
一阵心悸，我赶紧
关掉这个视频。就像
关掉我卑微如蚂蚁行走的
背影，以及那些
越来越极端的天气

沙滩上提灯的少女

穿白色睡袍的你，提一盏马灯
躲过祖母的鼾声和
夜风的拷问。玛丽
沙滩上，你究竟要寻找什么

守夜的灯塔，已在海面搜寻千遍
远航的人，没有留下只言片语

渔村恢复宁静，那枚月亮
已倒回星星的怀里
你是不是仍在寻找，涨潮前
扔掉的那个滚烫的词语？此刻
咸凉的海水，自脚底，正步步偷袭

扫地的人

从一片落叶到无数粒翩飞的
红尘。从此地到彼地
从此生到前世,到往生
一把扫帚,将妄念阻挡在
天台寺晨钟之外

让光照进来。穿透
猎豹、狐狸们躲藏的黑松林
慢慢照拂,树枝上吟诗的鸣蝉
地上觅食的虫豸,无名盛开的花朵

寺前的石阶、石槛、石坎
那些等待破译的经文
每天都在扫帚的揣摩下,发出
疼痛时幸福的呻吟

田野上的香客

秧苗们少女般伸长脖颈，目送这群
头戴斗笠，肩挎香袋、水壶的朝圣者
她们的说笑里，藏着半辈子生活的盐

迈过少女、人妻、人母的门槛
安顿好鸡鸭、瓜棚和病榻上的老伴
择一吉日，她们踏上这趟集体的远征

灵隐寺是通往来世的驿站
鸟鸣清脆，田野上涌动着
一层层透明的温暖

李白下河捞月那晚

我正陪他在长江的一条船上对饮

他把影子脱下来给我，而后仰头一笑，就跟月

亮走了

奔跑是你们无畏的信仰

脚在奔跑，手在奔跑，嘴在奔跑

跑过街巷，跑过晨昏，跑过冬夏

恨不得脚踩风火轮，驾起筋斗云

一串串订单不停地拉响警报

奔跑，是你们无畏的信仰

偶尔停下来，不是为了街角奶茶店里

那些食物的馨香，那些恋人鲜花般的怒放

也不是为了红绿灯前，户外电子屏

猛然跳出来的招聘广告

更不是为了回望，故乡山坡上

老水牛与蝴蝶的嬉戏，那种缓慢、悠长

你牙关咬紧，只为了微信回复爱人的唠叨——

简易工棚里吵闹的孩子，已到了上学的年龄

奔跑吧，就像蜜蜂飞舞在

油菜花大片大片的希望里

孩子，慢慢看世界

天地伊始，只是混沌，只是一些声音
波浪中摇晃模糊的大山。云朵
摇晃你竹篮里的梦

及至蹒跚走路，花园里蜗牛、蚂蚁
教会你大小、快慢、黑白
从低头到抬头，从小区到校门
你的目光爬过围墙。书本
翻开的世界里，多了些迟疑、迷茫的
雾天。幸好你的眸子纯净
习惯了聆听和注视
青山、湖水与草木的私语

学会在相机里取舍风景
这要耗去你一生很长的时间
——孩子，不急，世界在你的眼中
会慢慢展现它的褶皱

城市驯水师

要驯服这些经常越过河道红线的水
并用手术刀般的精准，手起刀落
切除水身上的污垢，让
流水俯首听话

作为美好生活的点缀
流水绝不允许停工，变黑
发臭，衰老

而流水有苦难言。它往肚子里
咽下的是化工厂肆意的倾倒
居民区的偷排

当流水放弃反抗，顺从如归栏的绵羊
我分明看见：城市驯水师们的暮年

母亲的手

那是双会变魔术的手
常常围着灶台，把清苦的日子
变得有滋有味

那双手，还沾满佛的光芒
临睡前轻轻一拍，大海、草原、城堡
依次向我飞翔的白马微笑

等到那双手，裸露干涸的河床
异乡的我，唯有让孩子
遥寄
童年的鱼虾

那一晚

倔强的大山轰然

倒地。病床上的父亲

绵羊般顺从，任由我们

擦身，洗脸，喂食。那一夜

我们突然，变成了牧羊犬

变成了父亲的眼睛、手臂、拐杖

小心翼翼，偶尔会被

扬起的情绪的鞭子，抽打

跟我童年时一模一样

委屈的父亲。我用一条毛巾

把那夜的月色，不断拧出

咸咸的泪滴

环卫工

她弓着微驼的背。慢慢捡起
厕所里半截烟蒂，就像捡起
我们在写字楼里丢掉的
灵魂
没有人打听她的姓名、籍贯
和出租屋的远近。就像
电梯里，一张脸与另一张紧挨的脸
隔着银河系
哪怕每天，她一瘸一拐地朝向
衣着光鲜的我们
绽放
没有任何化学添加剂的
春天

在一首诗里修行

我是天竺寺前剃度的石头
休要将飞鸟衔来的种子
撒满，我的缝隙

我也曾是一柄剑，从生活的沸水里
取出。冷却，凝霜
在孤灯伴随的修罗城，剁碎
无数个我背负的臭皮囊。煎药，温服
或者用烈酒浸泡，用行行文字鞭打

我还曾是西湖年轻的拱石
搭起一座通往隐喻的桥
望着癫狂的僧人、苦吟的士子
或酒肉穿肠，或乘风归去，危楼百尺，手摘星辰
连同那些卑微的蚂蚁、燕雀
孤独地在我身体上舞蹈
瞥见，悲与欣，春秋与冬夏
还有，树下葬花的人

第四辑 / 山水书

水的骨头

百度：水中的矿物质和微量元素
是水的骨架。

没有骨头的水，缺乏微量元素
缺乏生命动力元素
是病态的水，是死亡的水

在小溪，在大河，在海洋
触摸每一具朝气蓬勃
水的骨骼。
柔软的水，可以生发出
无数个善良的替身
可以放低身段，直至地平线以下
如遇礁石，它愤怒的骨头
顷刻之间，堆砌千层的雪峰

专家们称，人体必需的矿物质和微量元素
有百分之二十，须从水中获得
我恍然悟道：水的骨头，支撑起
我们在尘埃中的身子

今夜听见雷声

今夜，听见天空压抑很久的
喘息。一些人皮面具
惊恐地躲进城堡

接着是密集的雨，鼓点般
敲打这忽明忽暗的人间

但我仍不敢开窗，不敢
和这些雨水相拥痛哭
我只能遵守黑屋里
挂钟的戒律
将世事循着规矩，一幕幕演出
就像听到这梦里的雷声
也只能，把被子捂紧

孤　岛

它远远地站成一尊佛
惊涛骇浪，是它的底座莲花
孤寂的黑夜，它燃起航标灯
泅渡，南来北往的船只

它派遣忠厚的海风
点化，沾满尘埃的我
让我一层层脱掉
草帽、手表、身份证和鞋袜
就像一层层脱掉，三千烦恼

我将手举过头顶，面朝庄严的它
一层层浪花，微笑着
将我泅渡

海边的黄昏

一排排孤独的渔船，港湾稍息
铁锚绑住远征的脚步。再给疲惫的桅杆
刷一道红漆。腥味的风检阅每一面彩旗
涤荡所有胆怯的想法。而落日，是
云层排兵布阵的调色师。两三只海鸥
在这古老的水墨画中起落，拍打洁白的心跳
几位皮肤黝黑的老者，敞开
衣襟，在海堤上用微醺的本地口音
闲聊，鱼虾的涨价以及
孙子辈上补习班的学费

流经春天的小河

于大地的子宫里重生
年轻、欢快、丰盈

叫醒喜鹊、云雀、黄鹂
给聋哑者以慰藉，让他们听到
春天的重新召唤

这条小河，是春天的一滴灵药
治愈了盲人的眼疾
给桃花、梨花、柳树以抚慰
给病了一冬的鲫鱼、河虾、蜻蜓
相互依偎、自由生长的勇气

这条小河，流经春天，流经
每一个乡村，每一座城镇，每一个
封闭许久的人心

一只白鹭从神仙居飞过

一只白鹭从云山飞过
惊醒了仙人们的晨课
你攀崖而上，在峭壁一刀一刀刻下
恋人的模样
你说：愿生生世世变成崖柏
与山涧长相厮守

我沿着白鹭飞翔的方向
在神仙们颔首低眉的地方
寻不到李白梦游天姥的石枕
也听不到你留在山风中的
那些缠绵情话
只触摸到亿万年火山喷发后
一双双湿淋淋的黑眼睛
怒目圆睁

一只白鹭从神仙居飞过
羽毛轻轻划破
你我与太白醉饮的梦河
盛开出带血的
彼岸莲花

旅　行

再拐几道弯，就可以
遇见中村，遇见两株隐逸的古树
遇见一只唐朝写诗的白鹭

阳明先生出远门了，四明山
派遣溪水、雨水和蝉鸣
洗涤，宦游人一身的风尘
把梦留给廊桥。在溪口要一杯石斛茶
我们聊起工作、茶园和干净的呼吸

生活总是这样，在某个
拐弯处，意外会翩翩飞来
就像此刻，站在白云桥上
伸手就可以抓住，山谷里升腾的
那团清凉的仙雾

暮秋访安福寺

已是暮秋。踏足这块世外幽静之地
离红尘不远，跟山谷亲近

唐朝的飞檐，还在暮鼓里镇定
诗人们的墨宝，与这里的草木一样幸运

两亿年的古树，仍愿静卧佛前听经
我心安处，阿弥陀佛

溪水自由，人间平和。那些山水隐居者衣襟上
古朴的素黄，从我的手机里不断涌出

观百丈漈

绿和白，大地上亲人般的颜色
为了看水的纵身一跃，我们虔诚地
一路向生活低头，往绿色攀爬

幽怨的少女，躲在三漈宽阔的怀里呢喃
勇士愤怒狼嚎，二漈的栈道里藏有万千伏兵
他们呼应着我的年少与青春。而一漈
恍如我中年的命运，万古愁般焚身以水
我忘了佩剑丢失何处，观瀑石亭里
那杯残酒安在

与马尾松、红枫、楝树们交换呼吸
在百丈漈，我仔细阅读每一株草木
阅读每一块布满苔藓伤痕的巨石
流水呻吟，无数颗悲悯的心在晃动

一波三折的百丈漈，仿若菩萨的万千分身
此刻，我的孤寂飞溅开来
我应该捧起一轮明朝的圆月
重新给这里命名——
水借山势，山因水名，县以文成

高原反应

需要一场坦荡、炽热的阳光
需要离蓝天、苍鹰近些，再近一些
经幡昼夜吹拂，一点点掏空身体里
残留的杏花、春雨、黄酒

彩云之南，那些黎族、傣族的少女们
穿着孔雀一样的衣裳，下凡
她们在阳光下劳作。山涧里
泉水唱给她们的情歌，在我的
身体里发生剧烈的地震

庙宇巍峨，每抬升几座高山
我的心胸就上升百米海拔
醉酒般，我苍白的脸上逐渐泛起
两朵格桑花的红晕——
那是对大自然的一种回归

母亲河

把唐古拉山的风雪藏进衣袖
一路蜿蜒向南。播撒
热情的红豆杉，嬉戏的象群与
佛的梵音
赤裸双脚的老挝少女，缓缓放下
虔诚的花灯
湄公河，燃起纯粹的篝火

那夜，我和同伴从彩云之南
颠簸而来。我们一起喝酒，跳舞，笑谈
共饮一江水的话题

河上的花灯，姐妹般挨得很紧很长
吓退了，那些鳄鱼、蟒蛇与躲在
丛林中的眼睛

丽江，那一碗米线

你从梅雨淋湿的江南而来
一碗热腾腾米线的长度
就是你
灵魂贫乏的长度

踏进茶马古道
你遇到的每一个从玉龙雪山
下凡的少女，穿着孔雀的彩衣
背篓把她们的生活勒得很紧
喉咙里依然流淌出
一股股山涧泉水。清凉，纯净

此刻，山茶花在《东巴经》里摇曳
红嘴鸥遗失在阳光茂盛的高原
你在熙攘而又寒冷的城市中
到处寻觅，那碗热腾腾的米线

转　弯

带上水，带上干粮、诗歌和月光
带上故乡，带上膝关节的疼痛
上路。在滇缅公路二十四道拐
每一次转弯，目光都如攀岩般历险

带上母亲的叮嘱以及传说。你
遇到的每一队马帮，都皮肤黝黑
脊背被勒得很深，但仍在
前行。他们的喉咙里长出火焰
唱出的仍是激越的山歌

每一朵白云都保持缄默，只有
古道上的树枝伸展双臂，提醒你
带上烈酒和牵挂，在陌生的拐角
重新寻找迷失已久的路标——

石　头

四面漏风的教室
你坐在石凳石桌前沐浴知识
石头寒凉而又温暖

长大后你开始四处流浪
罗马的石头请你进庄严的宫殿
沿着众神的指引
梵蒂冈的石柱高耸入云
在埃及，你走进石头的心脏
触摸人与人之间死亡的距离
而在东方的洛阳
你终于可以面对石窟，祈愿人间烟火
你再次被放逐
灵隐寺那座三生石默默无语

世上所有的石头
终究开不出花朵、爱情以及稻粱
胸腔里却积满了太阳的雨水
伤痕累累，沟壑纵横

溪水自由，人间平和，

那些山水隐居者衣襟上

古朴的素黄，

从我的手机里不断涌出

烟　雨

烟雨盛产于江南
就连青城山的白素贞也要
跑来，赴一场
千年的雨缘

江南烟雨，是用微风斜织的
披在肩上，再温一壶黄酒
写诗的人就会穿过寂寥的小巷
给柴米油盐的日子
撒点丁香花瓣

而当烟雨拖长为梅雨季
习惯吃辣的我总疼痛难忍
与无数个晦暗不明的面孔
擦伞而过
风钻进脖子里肆意取乐
我无法像东坡居士那样
一蓑烟雨
快意平生

我动身，寻找阳光茂盛的高原
经幡猎猎，辽阔天地

雪域，那一片唱歌的桃林

是谁在雪山的臂弯里
昼夜不停地歌唱
那白里透红的脸庞
像极了我前世的新娘

歌声里，青稞用力伸展着雄性的舞姿
就连寺庙外的经幡也
在这野性而又纯粹的歌声里
不知所措
毡房内藏族阿妈用饱经沧桑的双手
把歌声揉碎在酥油茶里
让打马经过的我
一饮而尽

自那以后，我就在江南
一病不起

野 外

如果那些女贞子般的誓言，不遇到
一场突如其来的雷击
心灵不会在春天，关上窗户

一群野斑鸠领着你
穿过面具和舞台泛滥的城市
回到牛粪和野菊花嬉戏的山坡
清风和桂香急匆匆赶过来
和你相认

活着，行走，或者接受
下一场大雨，倾盆
得与失，原来仅在
眼睛的闭合与开启之间。
在野外燃一堆篝火，并模仿白鹭
于岁月的分界线，重新站立

我的哀伤是一团火

今夜，我的行囊怀揣风尘
怀揣哀伤，怀揣一团火
蔓延，在长安的街头

大唐的仕女们，全都改换了妆容
没有了云的衣裳。她们一个个
从宠物店、手机维修店，携带
肤浅的欢喜出来
偶遇几个沙漠里的棕色眼睛
湮没在，急不可耐的车流里

今夜，在热闹的长安街头
唯有千年的月、寥落的星
这些旧时酒友
与我对酌

凉爽的长安

这是长安。永宁门城墙上
凉风掠过垛口和敌楼，提醒漫步的我
月下笙歌，需要有厚重铠甲护卫
玄奘将西天取经的书卷搁放
大雁塔。他抬头倾听
巨型音乐喷泉旁，高音贝的
沸腾。众生欢喜
我邀他一起去
大唐芙蓉园，瞥见一簇簇
鱼鳞般紧挨的女子
忙着在灯光掩饰的直播间
与李白、白居易们邂逅
此刻，初夏的细雨，正送来
点点清凉

旅途

——兼致诗友卢山

那是 700 多天补钙的经历
将西湖的水不断排空
胃里塞满了
塔克拉玛干的飞沙

直到一行一行将雪，重新
推回天山。你怀抱王昌龄的月
敞开给我们看

一万里歧途，你的眼睛里
饱含悲哀的沙子。此刻
你一粒一粒倾倒出来
让我们明白，你的余生里
都将被雪山的光芒所照耀

而一群塔里木的黄羊
正从你的诗集里，缓缓走出
凝视我们急匆匆赶路的步伐
让人，不寒而栗

银河有多宽

当暮色笼罩山谷，青葱之间传来回音——
无非是两个星座之间的距离
无非是一根电话光纤的长度
无非是一条江河、两根铁轨和八个小时。
但我仍无法泅渡啊
夜色已然苍茫，波涛过于汹涌
那些百转千回的语言，冲破尘埃
早已登上了微信的飞船
却又被我拦了回来——
在七夕的天街前

冬天的河流

风裹挟时间的尖刀，偷袭，合围
河流在冬天的面孔，开始露出
老父亲般的褶皱

野菊花们相继逃离
无论丰年、歉年，上苍常常
赐予这条河，闪电和雨水的鞭子

老家这条河流
是在冬天习惯跟父亲
一起弓背缓行么？
我确信，他们从未听过
嵇康弹奏的《广陵散》

尽管双手缩在严冬，透过
缄默的冰层，我瞧见孩子们游鱼般
畅游，在河流温湿的胸膛里

城里的月光

它照不见水井、院坝、玉米地
也照不见，我童年七彩的欢笑

它总是那么匆忙，就像写字楼里
吊灯昼夜奔跑

它停下来喊我，是在老父亲
住院的那个冬夜

月光在城里哟，为何总蒙着
一层白纱？恰似——

白内障的我
望到的，只是模糊的故乡

月亮的替身

鸡声茅店、赤壁泛舟、浔阳江头
孤悬苍穹，整夜整夜俯瞰
我在这人间，不同的归宿

我是白茫茫的草原，漫过西楼
漫过一管羌笛，思念疯长
我如岩石高耸，终南山路崎岖
阻挡士子宦游的马蹄
我似港口忙碌的渡船，星河里摆渡
无数痴男、怨女、僧侣、将死之人

葬花的黛玉，在寒塘遥望我
和仙鹤、李白一起大笑飞翔
其实，我只是一种虚空
生活的漏洞，黑与白的交锋
亿万年来，我一直，以沉默作答——
上弦、下弦、死亡、新生

在春天路过一座村庄

谷雨之后，依然会有一座山谷
为远离城市浮尘的你
敞开心扉

白头翁成双飞翔，在枯树上
引颈，交欢，彩色地啼鸣
野外的三角梅、茉莉、月季
也在苦候一场雨，苦候还童的朱颜

"那株昙花，总是在夜深人静，开出上百朵心事"
——你捋捋秀发，昙花般叹息

这遗世的村庄，我路过时，汽笛
在嘉陵江低头哭了很久，很久

我的阿勒泰

毡房炊烟有招魂的魔力
雪山、戈壁、策马狂奔的少年也是

阿勒泰，这神仙们遗落人间的秘境
就连匍匐风沙的野草，也会
仰头吮吸，鸟鸣和朝露

不只牛羊、白云，万物都在这里
肆意生长，消亡。没有缰绳

阿勒泰，请召回我这流离的残躯
并恩赐一块向阳的草场，放牧
我的一对儿女

归　途

暮色，从四面八方碾压过来
你骑上白马。踯躅不前
一任羌笛管弦吹乱，惊起红嘴鸥飞往
明月楼高，清辉玉臂寒

心，被囚禁了很多年
车站上黑压压的人群，奔往
同一个叫故乡的小站
你躲在城市越来越稀少的鞭炮声中
一任长亭更短亭
春雨鼓点般，催促

被时间放逐的人，走得越远
越找不到归途
唯有额上的霜，越积越厚
直到覆盖双眼，静听
灵隐寺钟声里，开出朵朵睡莲

碇步桥

1795 年的石桥，是怎样
水灵灵地惊艳了世人的目光
那些女子们微笑着，挥一挥衣袖
就牵出整个江南，温湿的魂。

我应该是在某个飘雨的秋天
撑伞走过泰顺那座石桥
此刻，我惊诧于央视舞台的目眩神迷
就像我沉迷于生活的千奇百怪
而只此柔波，一颦一笑
水袖划过的波浪
也会在心头长久荡漾

此刻，我还想探究
石桥上走过多少，穿蓑衣的旅人
多少悲欢离合
多少荡气回肠

永宁江畔，我感受到春天的善意（组诗）

南方嘉树：一种坚贞的隐喻

10 万朵白色的星星倾洒
永宁江 1700 多年的微笑眼波里
春风不燥，人间涌动着善意

这南方的嘉树，被屈原反复吟唱，坚贞
不屈。野山沟、荒草滩，甚至乱坟岗
她们固守南方的家园，一站千年，开枝
散叶，散播善，与美的清音

这些橘树，尽管身披素淡的白衣
面对命运的不测，纷纷竖起
坚硬的刺。经历寒霜、春雷、酷夏
等到秋天，将太阳揣入胸怀
她们才会酝酿出——
生活的蜜甜

橘花与梨花

她们都有一树的白
一个代表火焰，一个演示凄美
唯有催情的春风，乱掀她们的衣襟
藏着不一样的命运

那些或坚毅或柔弱的身子
皆生于田野、路旁、房前、屋后
橘花，在春天的黄岩恣意怒放
而梨花，是她常爱迎风流泪的姊妹
瓣瓣牵挂，飘到我中年劳顿的舟车

想到果实和飘香的颂词
想到远方临树站立的伊人
她们的白，朵朵闯入我的清梦
心中落雪，纷飞

在澄江，连空气都是甜的

这数万亩铺开的餐桌，是我和同伴
沉醉其间的梦工厂。橘树挨挨挤挤的澄江
让我们这些小精灵兴奋地飞舞，吟唱

这些提供给我们营养的橘树

不养在深闺，更不会养在公园，她们

漫山遍野肆意展示洁白的酥胸

在澄江，连空气都是甜的

我们这群在尘世中忙忙碌碌的小蜜蜂

赶集似的，要把这白茫茫的纯粹

搬运到城里去

来自岁月深处的呼喊（组诗）

一场桃花渡

野渡无人，小木舟在阴晴不定的
桃江苦候：一瓣旧时桃花

桃江十三渚——
地球喷发的怒火，历千万年堆积
这 13 个小小的土丘，此刻
已变成 13 座集中营

植物们的命运，被随意改写
几十只白鹭抗议：站在一台巨大的
黑色挖掘机前

诗仙远走。渡口空余姓氏的桃花泉
还能不能，在这陡峭的尘世
用滚烫的诗歌，酿出
一口唐朝的好酒

紫阳老街

当你在嘈杂的楼宇中收拾行囊
但愿你的旅途足够漫长
时光足够疗伤
海苔饼、乌饭麻糍、麦油脂将
包裹你的记忆
龙兴寺的钟鼓声将焚毁你的心：它为欲望所苦

半生遇到过无数条老街
从千佛井沿往下窥探——
这来自岁月深处的呼喊
从未枯竭
抵达那里，让古城的清风
卸掉身上铠甲
让新鲜的阳光和鸟鸣
倾泻进老墙上每一扇新开的窗棂

这紫阳老街，就躲在沸腾的尘世
一路一程，紧拽你的童年与暮雪
请挽住朱自清先生匆匆的背影吧
当紫藤花再一次，迎风盛开

再登江南古长城

揽胜门，石砖，空心敌台仍在，握剑的戚将军
仍在原处等我
百步峻，梅花鹿跑走了，我已气喘如牛
江南多久已无烽火？
黑短脚鹎躲在树林中嘲讽——
这群工会疗养的人，不懂稼穑之艰、战争之苦
台风时常不请自来，演武场独守空闱
隋代古樟树，虽遭雷击，一半躯干仍驻守在
台州府城隍庙前
继续保境，安民
登临烟霞阁，总让人忍不住眺望——
长城之外，是灵江，是东海，是海峡对岸

临海东湖：打捞起一些名字

湖面开阔，一些名字在
亭台、湖水和怒放的夹竹桃之间
量子纠缠

镂空的九曲回廊，适宜相互窥探
"墙外行人，墙里佳人笑"
大长公主赏花，听戏

她望向人间的脚步很缓慢

贵族气息自湖心亭弥漫：石猴石象
结对镇守
而燕王谋逆，一位樵夫毅然投湖
溅起的水花，陡然抬升了东湖的高度
给无名樵夫造祠堂的人，更抬升了
我对台州府城的景仰

湖面上，几只白鹅缓缓涉水而过
咏鹅的神童，讨伐的檄文还在
史书中滚烫
冲冠的他，已被请进了东湖的雅间

在临海，总会打捞起一些闪耀的人名
照亮我们左右无法逢源的旅程
此刻，千年的湖水，就在脚下
激荡，包容，复归宁静

海之南，望不尽天涯

1

云海，孤舟
黎族，黎民
垦荒，兴学
大宋第一才子把头巾遗忘在儋州
那些水井、村舍、路桥……
便拥有了共同的名字："东坡"

2

这里全年不会有寒冷的心事
这里的风，豪迈热情
海之角，无数男女携手走向天涯
触摸滚烫的爱情。在浪花中恰似
迷路的鹿

3

我脱掉北方的羽绒，和肤色各异的游客

一起呼吸，略带鱼腥味的新鲜空气

在海口金牛岭热带公园内

晨练的鸟雀拍打着

榕树、棕榈树、荔枝树、人心果树

鸣唱的曲调，与命运共同体有关

4

三角梅染红了五指山

红色的歌谣，流淌在古老的万泉河

最年轻的省份，最大的经济特区

国际旅游岛，自由贸易港

每一次蝶变，都是为了更好地拥抱世界

此刻，一轮朝阳缓缓从

南中国海抬升，给这个清澈的岛屿

定下，明朗的基调

第五辑　／　时光书

上元节有感

我应是那位
吟灯联的宋朝书生
被拐角的暗香，与一壶酒牵引

高楼，凤箫声动
柳梢的月，指点不了我前行的方向
灯火璀璨，也暖不了寥落的身心

我分明瞧见，你的明眸皓齿
隐没花丛，青衣里藏匿半世情思
那时你亭亭玉立
如今我拂月白首

二月的雨水

我把整个身子，浸泡
在二月的雨水里。让
思想，长出嫩芽

那些蛰伏了一冬的植物，譬如
墙角的月季、海棠，正在雨水中
苏醒。
它们结痂的伤口，纷纷绽放
粉红的希望。像爱人的脸庞

江南二月，雨水充沛
我还会牵着幼子的小手，到郊外
辨认，柳枝上站立的春天以及
鸟鸣声中的善意

春　归

我身体的寒气，被一只燕子叼走
飞往滚滚溢出青绿的四川盆地

此刻，农具靠墙打盹
阳光在一张四方桌上伸出佛手
搓揉麻将，冲刷掉乡亲们一年的疲劳
两三孩童用爆竹和欢笑砸开
冰封的河流
大黄狗竖起耳朵，警惕可疑的病毒
炊烟，向天庭禀告村庄的祥和
（隐去了那些泪水和药水）
田畦里微风给麦苗们霜冻的身子
举办一场盛大的洗礼
哦，对了，还有豌豆尖、迎春花……
万物在冬春交替中，纷纷戳破
结痂的年轮

那只燕子轻轻地收拢翅膀
把我的归乡梦，拂醒

春分辞

江南的雨又开始用银针
刺痛大地沧桑的皮肤
野猫一年中叫得最猛的
黑夜。白玉兰扭动白色腰肢
让窗帘裹藏的我，瓣瓣咀嚼
这个季节最纯粹的思念
对了，带泪的梨花还在庭院里
摇摆着声声慢的节奏，悄悄说
可否分一半春
给远方的你

从春天出发

春，从冰封的河流
站立。阳光催促你
卸下，一层层铠甲

此刻，风像一位调色大师
把春的色调，尽情播洒在
秦岭雪融之后的青绿，江南雨润禾苗的轻柔
迎春花覆盖山坡新坟的泪水，燕子衔来孩童新书的墨香
慈母灯下密织的牵挂，打工者藏在妻儿心中的憧憬
城市车流长蛇般挪动的等候，工地重新演奏打桩的号子
……

这迟来的春色啊，正开始
把灰暗的天空
擦拭，且日益鲜明

雨水辞

风的裙摆还可以再大一些
拂去尘埃、雾霾以及一冬的咳嗽

此刻，丝滑的雨正悄悄
给所有破土而出的庄稼、花朵与羔羊
赐予绿色的姓氏

在江南，我亦忝列其中
和我的庄稼兄弟们一起
接受风与雨的洗礼
舒筋展骨，活血化瘀
将久别重逢的春天，撂倒在地

夕阳下

赶辆马车，载壶杜康——
你不必模仿古人越过山冈
也无须再披，写字楼里的装束

此刻宜在风中歌，宜舞，宜带着孩子散步
宜抬头揣摩，云彩的情绪

一只口衔蚯蚓的喜鹊，急急归巢
它不停地用翅膀拍打你——

明天是否出门？是否带伞？
是否该给熬过半夏的鱼们
换一池清凉？

而孩子抛给你的唯一难题——
是否该搭一架滑梯
随夕阳一直滑到，夏天的山林里

清　明

江南春雨，梨花飘落一地
路上行人忙着捡拾
亡者和自己的灵魂
而龙井茶山上，再也不能遇见
那个倒骑青牛的少年

在西湖四季轮回的波光里
你情愿做回一尾干净的青鱼
自由呼吸，游来游去

你游过了男欢女爱的断桥
游过了沉默的雷峰塔
游进了弘一法师们铺开的宣纸里
那些哀莫甚于心不死的清愁
正一圈圈扩散

四月，鸣唱的花朵

他们穿着春天的衣裳，说着
春天的语言。花枝乱颤
谈论青春、诗歌与衰亡
让这个四月的夜晚
春风沉醉，我亦沉醉

置身花朵们中间，我的血液
奔跑的速度像猎豹
是怎样熬过了，寂寞的寒冬
又是怎样
在暗夜里被风和雨拷打
此刻，唯有浅笑低吟
杯且从容，酒亦从容

芒　种

麦子最后的光芒，穿越整个四川盆地
擦亮阴晦的清晨。和忙碌的布谷鸟一起
喊醒我的乳名

喊醒我乳名的，还有一辈子
伺候麦子的祖父。他最后的光芒
只有崔家湾的松树、云雀和白云知晓

"芒种芒种，抢收，抢种"
——祖父把农谚一遍遍地
口述进族谱。而后就与麦子们前仆后继
忙着向土地献祭。他俯身
挥舞镰刀的姿势，常常
让手握钢笔的我，抬头仰视

夜未央

半夜叫醒我，让我反刍
这半辈子悲欣的，是今晚的月亮

草木活在人间，只要一滴雨水
青石台阶，新开了一朵小花
阳关重叠，巴山遥远
飘荡在故乡麦田里的炊烟
早已消散——逆风飞扬的
是少年时我与生活签的生死契

在山谷里看天上的繁星
光芒从另一个世界递过来时，已
过去了几百年。日复一日
在月明星稀的时刻与自己拥抱
在尘埃里，静静等候朝阳的救赎

立 夏

雨水退居二线
阳光成为主角
许多心事逐渐饱满
秤杆显示：孩童又增重五斤
就像大地上一枚结实的鸡蛋
直立起，这人欢鸟鸣的初夏

再尝一口老母亲做的
乌米饭吧
从此身强力壮，百病不侵
你出发，沿溪水流淌的方向
在城市的脚手架上
用青春，播种下
绿色的瓜秧

夏日物语

油菜花藏起金黄的龙袍

年少挺拔的玉米，即将是大地之王

几只蜻蜓，穿梭伴舞

两三青蛙，星空下献唱

所有匍匐于野的植物，尽情

生长绿色的愿望

就像此刻的我，怀揣无数

纯朴的词语，赤脚

奔跑在故乡田埂上一样

酷 暑

烈日灼烧大地，生之渴望
在蒸笼里煎熬

那些苔藤、瓜苗和水稻，顽强地
贴近火焰的田野。万物从
暑热中吸收能量
秋天，它们会在原野大阅兵
果实和词语将翩翩起舞

躲在树荫里的蝉，不停地向你聒噪——
夏天过半，该爬的山坡也过半
不妨咬紧牙关，让每一滴中年的汗水
在尘埃里挥洒，更加畅快淋漓地奔向
那些盛夏中默默忍受的植物

在山谷里看天上的繁星

光芒从另一个世界递过来时，已

过去了几百年

桂花开的时候

桂花开的时候
整个江南便明亮起来

在路边在山坡在河岸在寺庙
人们扶老携幼伫立桂树下
完成诗歌和食物的盛大仪式
那些被栅栏隔离的无数个春日，和那些
准备过冬的南飞的鸿雁
在桂花的邀请里，不再孤寂

你我都是流浪在城市的牧童
在桂花的呼唤中回到原乡
把纯真的笑容交给每一个路人
交给每一个
清苦的日子

桂花开的时候
就连秋天的落叶，也舞蹈起来

寒　露

露水的寒凉，从下半夜开始入侵
中年的城堡。四面，风声
很多事物学会向白霜投降

医院体检楼下，秋菊的颜色很刺目
CT们包抄过来，用一组蹿升的数据
打乱你，对人世仓促的布防

大雁南飞，松鼠们忙着储粮
而人间各有所忙：赏菊，团圆，望乡
此刻，必须肃立在一枚落叶前
想想该把哪些滚烫的诺言，丢出城墙

夏蝉不再知了，唯有劝人勤勉的蟋蟀
一整夜，仍然——
哀鸣，不止

秋天，你挥手

我不确定，意外在哪个路口挥手
时光一遍遍发出警告，让我
一生都在模仿，温驯的动物
穿过荆棘遍布的丛林

而少年的痼疾，仍会在秋天隐隐作痛
趁大雪还未封山之前
你微笑着朝我三次挥手
波涛暗涌，鱼群在身体里追逐
尽管一袭尘衣，早已沾满津门的风霜

人间很多悲欣，其实缘于某次触礁
而我偏要逃离寺院的戒律
一次次伫立亭台，看芭蕉依偎翠竹
听凭冬风，忽南忽北的捉弄

中元节有感

山坳里垒一堆稻草，点燃
黑夜。祖父领着我，逐一
向四周的空气祷告
我看到冥币在火焰中
惊恐地跳舞，仿佛
祖宗们正依次抚摸我的肉身

此刻，我领着孩子们
在城市里寻觅
与祖父唠嗑的空地
模仿他当年朝天抛米酒的姿势
嘴里念念有词
忽然就对齐了口型——
有关粮食、天气还有孩子

中秋月，是一剂药

一剂透明的中药。洞见
我身体久藏的暗疾

须温火慢熬
须年年此夜服下

病理清晰，唯剂量模糊
病灶难除

太白长江为汤，东坡泛舟赤壁
而我，赖有西湖，孤山，一树梅，两只鹤

秋天的颜色

秋天把最后一滴血交给落叶
那燃烧的血，从容飘回大地
穿红色毛线衣的小孩
仰头注视着，就像某种传承

他一定看见了
爷爷在白云间笑眯眯的眼神
这寂静的树林，流淌着阳光暖色的交响
就连轻手轻脚的风，颜色也是暖暖的

两三只悲秋的麻雀
在小孩蹒跚的脚前停止了聒噪
厚厚的落叶，正把大地上的秋天
捂出沸腾的春色

第一场雪

灰色的雨飘落白色的羽毛
就像身体最柔软的部分
半夜被白色的电话唤走
猝，不及防

悲与欣接踵而至
很沉很沉的静，压在庭院铁椅们躁动的胸口
我的忧伤，掠过秋天金橘战栗的枝丫
停留在那只灰褐色的冬候鸟身上
它给我捎来驿站温暖的包裹
告诉我如何在尘世与天空之间
衔一朵雪花，泅渡

雨雪还将封锁更多的道路、河流以及山川
燃起炉火，我在一堆诗歌里
开始冬眠

冬夜，没有人在意一片月色

我不知道还有没有勇气
去河里捞月
他们说那条河，流淌着女人的衣香
而我风尘仆仆站在公交站牌下
正踯躅于下一个
终点

河岸上的人们
躲在炉火旁卸下疲惫的行囊
冬夜，没有人在意一片月色
红薯、烧烤与脱口秀表演
就能够让日子活色生香

我不敢确定到底还有没有力气
跳进河里捞月
那是我儿时的月亮啊
那么皎洁、高贵
我担心的是——用尽余生的热情
捞上来的，会是一地的
揉碎的冰冷

南方的雪

无数匹白马，梦中飘然而至
美好的事物总带给暗淡的生活
一些轻盈的惊喜

而雪在南方，一闪即逝。
有人困在舟上，独对渔火
有人在白茫茫的慈悲里
固执地找寻，枝头乌鸦的警告
溪水中，红枫和游鱼相偎

这些年，断崖式变换的
不止气候。雪花落在记忆的屋檐，总让人
猝，不及防。不妨温一壶黄酒
再添枸杞五克、红枣两颗、姜丝几许

立 冬

需要一场飓风，让人间的热情断崖
枯叶纷飞，瓣瓣抽打离人

大雪正在赶来的途中
你伫立，虚掩黄昏的柴扉

所有的惶恐，缘于清丽的初遇
刹那，经年。这银河系的相逢

幸有阳光，掌控悲欣的棋局
三五老人结伴冬泳，湘江热气腾腾

你返身。一壶浊酒，一碗饺子
这一世，至味的烟火

立冬之后

立冬之后，我的脖子便隐隐作痛
人群之中射出无数暗箭
风四面八方。上了年岁的屋檐内
连温一壶黄酒的火焰也
有气无力

天地寥廓，想象东坡先生谪居
把盏临风。我裹紧羽绒满城遍寻中医馆
医我，医世道，医人心

江南的初雪远在路上
此刻，万物宜藏
等雪落下，灵峰的寒梅就会跳舞
就会，温暖我的身子

除　夕

城市如卸妆的老妇人
缓缓吐出烟圈，点燃
远处
两三声爆竹，与祈愿

岁月的分水岭上
红衣小孩牵着
老人的目光
水仙花、迎春花、梅花争相露出
又一轮
粉白、鹅黄，与嫩红

关隘阻，岭迢迢。
一些情感找不到驿站
不妨围炉，煮一壶黄酒
手机里热气升腾，早已
如雪花，纷纷，扰扰

时光书

离开盆地那个清晨，我的脚踝
便被时光上了一把锁。
此刻，伊用蓄谋已久的
几张卧铺票，偷偷地
打开那锈迹斑斑的锁孔

在多雨的江南，我的躯壳
一再被雨水浸泡，膨胀，变形。
该怎样溯源而上，赤裸双脚
在故乡的河岸奔跑，接受
清风的搜身和那些伫立
祖父坟头群鸟的拷问

背转身去，不愿让伊看到
我眼睛里逐渐汇聚的露水。
我的原乡，只是她和稚子
旅程中又一处景点

窖藏的过往

把过往贴上标签，分门别类
装进红酒窖，封坛。
等待某个黄昏，两三老友
打开，逐一品尝

彼时，但愿我们的头脑可以
挣脱铁链的束缚。四肢仍可以
夕阳落坡的速度，摆动
哪怕，身体某些零部件
被风霜侵蚀，锈迹斑斑

只怕啊，已记不清具体的标签
或者，过往的那些云和烟
不知道，应指给谁看

鱼尾纹

总要在这里埋锅造饭了
你这尾小丑鱼
自从被那泓清澈见底的眼神抛弃之后
就在这沙砾一样的老脸上
筑碉堡求生

此刻，乱云飞渡的暮雪
急匆匆地碾压过来
你退无可退，躲无可躲
奋力堆积起讪笑
僵尸般在旷野里游动

还有什么可以留恋
你这尾小丑鱼
直到跳上主人香案
一梆一梆地，把苦难
敲打出声

在白纸上流浪

呱呱坠地。两只小脚被父母
在一张纯白的 A4 纸上
摁下生死契

最初几行脚印，歪歪斜斜
幼儿园，小学，中学，
变成隐匿的部分。在这张纸上
麻雀独自觅食，测量冷暖的人心
流浪，才真正开始

看看，这尘世普普通通的纸张
隐匿了多少东西。早春梨花的忧伤
下午茶的宁静以及
晚寺里的禅钟

当白纸最终躺进档案冷漠的黄袋
只剩几行干巴巴的黑字，在低泣。
就连落幕时的悼词，也穿不透
一张约定俗成的薄纸

这些年的流水

它们带走了多少落花、春梦、马的嘶吼
我竟然从未，模仿账房先生
用计算器去盘点过

这些年，流水一路向东，从不回头
我困在原地。困成一株树，千疮百孔
那些松鼠、毒蛇，就连蚂蚁
都来欺凌我，日渐枯萎的身子

只有在梦里，我才能触摸
年轻的母亲濯洗我的衣服
轻柔的流水，闪耀着阳光的体温

中年赋

就像隧道里开车。没有彩排的剧本、台词
也根本不再有乌托邦
你在尘世的角色已定
望不见出口
望得到尽头

时间不可逆地指向寒霜
深一脚浅一脚，小心翼翼避开
陷阱和流言
许多事物都低垂下
自己的头颅

中年的胸口，也曾横亘着
富春江的千里江山图
而当雨水和结石成为身体的另一部分
你只能与老牛、蚂蚁以及头顶的烈日为伴
让飞鸟和孩子，记住你
负重爬坡的背影

黄　昏

我如何描绘，那山坡上的黄昏
一驾马车，载我，载一壶浊酒
与一轮夕阳，对饮

世间万物，被一阵西风抽打
就连积了一世仇怨的麻雀
也渐次隐没草丛

等待月亮、星辰、寒霜，爬上
我们的头颅。而老家飘来的炊烟
会刺痛，我们的眼睛

岁月的回旋镖

人生已爬过半坡。岁月的
回旋镖，却常常在骤惊的梦里
让野猫，和雨水发出
几声疼痛的哀号

一些久违的面孔，携带
陌生，或似曾相识的旧事
次第闯入梦境。重逢，或初遇
于学校、铁轨、故乡的乱坟岗……还有
雾霾天，红绿灯战栗的十字路口

幸有唐朝结伴而来的一株古梅
在料峭寒春的江面，替我掀开
每天生活厚厚的帷幕
洒落，千万朵顺从的眼泪

第六辑 / 世相书

犁一方水田

一群犁耙、八头耕牛和大伯三叔
围着地球跳舞。尽管他们的胸中
燃烧着篝火。他们围着巴掌大的
水田，虔诚地转了一圈又一圈
就像祖辈一样进行某种神圣的祭祀
他们犁翻过去，播种未来
八头耕牛和大伯三叔们陷入沉默
阳光的鞭子此刻也失去威力
他们相互喘息，像是相依为命的钉子
揳入大山贫瘠的头部。一辈子
他们与泥巴、蚊蝇、雷电打交道
有白鹭飞过。一粒稻谷如何逃出深山
是一件更值得期待的事情

活　着

体检报告是上苍的请柬
你尚未下载赴宴的小程序
此刻的蓝天出奇地谦卑
人间还滚动着许多绒线般的杂事
这一趟断舍离，不同以往
对孩子作业的叮嘱，语调莫名变得温柔
晨起赶地铁路上，灰鸽的唠叨，那么动听
中场落幕之后，野外多了一株光明草
只不过缺少了落日与大海的背景
像极了诊断书上的留白

一切都是来不及

在火化场告别，在婚宴上恍惚

在菜市场踯躅

稻草人

几块残破的彩布，胡乱拼凑出
你小丑一样的结局。刚刚，一群麻雀
炫耀着飞过。又一群麻雀停下来
啄食，叽叽喳喳地嘲讽。
种田的人，把你当麦田里的神
而你的背影日渐伛偻，别说麻雀
那些乌鸦、松鼠、草蛇轮番偷食
你也无力阻挡。更为沮丧的是
你的立锥之地，也越来越少
在你的左前方，几台挖掘机
正睁大猩红的眼睛

体重秤

我常常疑惑，人类造的仪器

究竟能不能，测试出

每一具灵魂的重量

比如：将跋涉过千沟万壑的双脚

踩上去。指针画出的，也

仅仅是肉身模糊的数据

很多人索性怨秤，藏秤，弃秤。而秤

却一脸委屈——

它镜子一样弱小的底盘

根本接触不到

人的欲望

破

我守了半生的城池破了
猝，不及防。那些箭矢和流言
是怎样偷偷地
从童贞般的云层里射过来的
它们奔跑的速度太快，就连海面上
我曾经无数次朝拜的灯塔
一夜之间，也沉默不语
我只好以额头的白霜向黑暗投降
请让我卑微的中年做一只萤火虫吧
哪怕同蚂蚁一样爬行
也要存一丁点的火种

台　风

电视预告你将登陆，如年兽狂奔
家家提着心，吊着胆，藏起阳台的欲望

偶尔，电视也会虚构一个你
制造一场人世间的浩劫

骤雨如响鞭，渔船任浪宰割
你习惯看万物像树木般低头
习惯城市匍匐于你的裙摆

等你转身，电视会播放一串数字，表情一如往常
渡劫之后的人们，躲在漏雨的巢里，无暇过问——
你究竟卷走了
多少树上的花朵，多少地上的蜗牛、蚂蚁

我所理解的生活

午后，与衣橱里一堆衣服对话
它们参差不齐地排着队，有的
领口泛黄，身板却依然硬朗
有的，袖口沾些油渍，抱怨着某次酒局上的失态
有的，躲在光线照不到的最深处
像闺阁的怨妇，数落着那段
咖啡馆里暧昧的青春

闻闻气息，我开始折叠
那些过季的衣服
就像折叠一些过往的人与事
我把它们中那些精气神还好的，将纽扣慢慢扣上
就像扣上它们不屈不挠的心脏。
然后把一些有点油渍的衣服拿出来
小心翼翼地熨烫平整
就像烫平某个黑夜里
野猫们的那些哭泣

此刻。阳光正好
我可以微笑着挑一件衣服出门
微笑着与每一个擦身而过的陌生人说
今天的天气真好

自省诗

岩石夹缝里冒出的青苔
爬满，我草书一样的中年

一切都是来不及
在火化场告别，在婚宴上恍惚
在菜市场踯躅

很多熟悉的名字
走向太阳的中心，高纬度滚烫
也有一些渐行渐远的背影
坠入铁门把守的深海

四野无人，无神，亦无鬼。
偷偷在一张白纸上
放飞儿时的纸鸢

喘息的轮胎

几个废旧轮胎，老人一样躺着
国道就在附近。白云和风知晓
沥青路上那些呼啸而过的辉煌

早已遗忘原始森林里
高挺的橡胶树，汩汩流出的眼泪
生而为轮，注定一辈子在路上
用柔弱之躯，一遍遍交锋、碾轧
沙砾、泥泞、悬崖
一辈子承载重负，供人驱使

直至所有的棱角都被岁月磨平
直至肉身里嵌进铁钉、玻璃，伤痕累累
临终的喘息。而旁边的车辆径自离去

这旷野上的无用之用，不妨
当成野花的温床
当成鸟雀临时停泊的港湾

铁板钉钉的誓言

将长江头尾两个名字，用一张铁板
熔铸成汪洋中一叶小舟
迎击台风、巨浪和潜伏的蓝鲸
这需要多少磨合、协力与牺牲

我看到一排排钉子，牢牢地
揳入生活艰辛的背部。渗透出
烙铁般殷红的誓言
被岁月的鸟鸣稀释，包裹
一层栀子花的清香

我用青城山 500 年的修行
也参不透，这一世铁板钉钉的坚忍

伊人，谢谢你赐我诗、酒与柴扉
离城市车马远些，再远些
没有鹤，不妨多养几尾锦鲤
每天在心波里荡漾，不去管
江湖水深、水浅

栖息于山林

四月，草木的呼吸里有一种
久违的绿意。林栖三十六院的灯笼
划破黑暗，如天上星辰指引
天南海北的玄鸟，归家

溪水、杜鹃、雷声，是这里的土特产
蛙鸣跟满坡的乡愁也是
天空的蓝和山野植物提取的蓝
一样纯粹。
英子跟她的姐妹，一遍遍搓洗岁月
面朝蔚蓝的海面，每天把苦难
钩、编、绣、织成数十万朵洁白的浪花

那些缀满种姓、基因、愿望的蓝
那些在古槐树下染缸里流淌了千年的蓝
是童年的襁褓，是新妇的暖被，是一味灵药
可以医治好这些玄鸟的眼疾——
在太平洋更远的高空
自信地，抖擞羽翼

在飞机上

骑着白色的神兽，踩着
覆盖红尘的那万丈白棉絮
像神一样俯瞰
山川、城市和蚂蚁般爬行的车流
该有多惬意

你终究只是凡胎一枚
每一趟，中年的飞行
起飞或者降落，总是那样
让心惊，让胆战

不妨合掌，向众神祈祷
当不测的气流引发
突然的颠簸
阳光的慈悲，伸手可触

当我老了

后院的门锁是否拴牢
豺狼、鸟雀、暴风雪是否
会抢劫，地里的庄稼
当我老了，这些担忧
还会不会时常袭扰我的梦境?

我应轻轻合上，日记的最后一页
再把窗帘拉紧，不去偷窥
年轻人在梨花树下的爱情
坐下来，泡杯安静的陈皮
不敢听，马厩里那长长的悲鸣

择一个黄昏，带着儿孙
我给土里的祖宗依次赔罪
而后，褪尽衣袖。回到
出生时干净的雪山之下

词语的灯盏

等我出走半生。一粒粒剔除
我肉身多余的累赘

借助这盏灯，找寻
老家泥土里我的祖父，我的
生活艰难中跋涉的乡亲
我在故乡黄桷树枝上
悬挂的风铃

词语挨着词语，在寒夜里彼此
取暖。它们摩擦出热量
点燃，我逐渐衰老的
心房

锁

更多时候，用不着记密码
当双手触及，墙角蒙尘的箱子
所有的甬道次第打开。包括那些
被江南的雾锁住的
青春、抱负、月迷津渡

被锁定的，还有十七岁的雨季
那些泛黄的情节。书信、照片、枯萎的香袋
在孤零零的铁皮箱里，白天保持缄默
偶尔，趁夜越狱。
钱塘的潮水，便开始泛滥
燃一盏灯，黎明前，赶紧把心
重新上锁

子在川上

站在河岸，夫子宽大的袖子里
藏好诲人不倦的戒尺
他把流水的方位，遥指给我

此刻，我踯躅于该举起手
还是该俯身温和面对孩子的错题
心理学家们说大脑绝不能用来悬梁
刺股更是涉嫌虐待幼童
唯有时钟，这孤独的物种，只顾嘀嗒向东

夫子又坐在杏树下，朝我微笑
仙风道骨。待我终于识得了，流水的奥秘
雪已覆满我的膝盖，而稚子
仍在叛逆的路上，狂飙

我的笔名

第一次，以四川盆地的名义
我为自己命名

他是我捏的另一个自己
在尘埃里，在没有月亮的暗夜
逆风疾行

他飞行的弧线很长，亦很忧伤
夫子曾挽着他，踯躅于时间的河岸
他对世间万物怀有悲悯之心
沙漠里那瘦削的骆驼
凸起的驼峰，也藏有他半世的眼泪

当我的喉咙里，嗓音苍老、沙哑
他仍然会在宣纸上流浪，慢慢看
白云如苍狗般舒与卷

转身之后

踏破了多少寺庙，多少
夕阳、暮鼓
转身。杜鹃鸟在枝头
啼叫中带血

无法像弘一法师，决绝合掌
"施主，请回"——
至此山高路险，钱塘潮昼夜拍岸
我一步一个踉跄

幸好有梦境。把酱醋茶的争吵
用时间的针线，一夜一夜地缝合
昨日牢笼里冲撞的两个人，今天
踞守着楚河与汉界，只让"悲欣交集"
飘零在秋风里

一架飞机从我们工业区飞过

一架蓝色钢铁大鸟
从我们工业区上空高傲地飞过
它不是从老家贫瘠的山坡飞过
也不是从山坡头往山坡尾
从我们开裆裤的潮水声音里飞过
此刻。我猜它一定载有很多我
在散发尿酸味的绿皮火车里
从未见过的柔软座椅、香槟以及旅行电影
这其实并不是我关心的
它飞过时吼出的巨大噪音
让我在车床前忙碌的双手，猛地一震
这其实也不是我最关心的
打领带的老板在玻璃门外
冷冷地，打量着这一切

孟婆汤

赶快喝了这碗汤吧，兄弟
不用东张西望。马蹄扬起的红尘
将不在你眼里泛光。这碗汤
和你喝过的
母亲的粥、中年的雪水、寺庙的酥油茶以及
遍地的毒药
味道相似，剂量相当

孟婆一催再催。你只好
向排队者解释，能不能再听听
这一世，在人间用铁铸造的
那堆骨头发出的声音

我看见的生活

我是一只鹰，上帝让我看见
年迈的母亲，把仅剩的一块肉夹到父亲嘴里
一群硕鼠，忙着从仓库偷运粮食

我看见有人跳楼，有人在广场跳舞
我看见化妆的女人，在彩色的电视里相亲
我看见轿车里出来的男人
在黑白的电视里痛哭

我看见我生而为鹰飞翔的孤独
我看见暴雨之前匆忙赶路蚂蚁的卑微

上帝呵，请允许我再多看看
这多姿多彩而又悲悯的红尘

倾斜的雨

语言尚有余温，一续再续的龙井
味如白水。你起身离去，留下我
收拾这生活的残局

我用了十三个春天
也没有参悟透，这江南雨水中
盐的含量。你撑伞离开的
背影，将是我铺开的诗集里
一枚黑色的书签

而街上行人依旧有说有笑
不辨东西的雨，会有一场台风么？
梧桐树叶在风中凌乱，不知该
往哪一个窗台飘落

人类的悲欢竟如此无法相通
此刻，我的世界一分为二
鲜花的晨曦和淋雨的渡口

我的房子是纸做的

我在宣纸上，造了一座小房子
就像乡间我的那些亲戚们
在田垄上，造的土地庙一样简朴

它不宽敞，但足以容纳我一个人
卸下尘衣。在里边打坐，参禅
它选用了最柔软的材质
却丝毫不逊色于那些金碧辉煌

我的房子，临水而筑
有清风可品，有明月可鉴

在绿皮火车上

咣当咣当，仿佛一位步履蹒跚的老人
走几步就停下来
喘口气

我也是一辆喘气的绿皮火车
在返回故乡的途中

咣当，咣当，一声声摇醒
那个雾气蒙蒙的清晨，摇醒
父亲在河岸反复的叮咛

这些年，流水一路向东
流水没有故乡

隧道之外，是遍地唱歌的庄稼
一座座坟茔站在它们中间
像我祖先，朝绿皮火车挥手

捉迷藏

终于捉住你了，躲在我身体里的
这头黑熊。在白天，狰狞地抓走
家人的笑容。你让爱到恨，只隔着
一步之遥。而我身体里住着
另一只白鹿
在柴米油盐堆积的夜晚，迷失于
森林里诗意的小屋
看看，我是多么复杂的矛盾体
白鹿和黑熊，经常在我身体里
东躲西藏。在人声嘈杂的写字楼，我也
跟我自己捉迷藏
就像川剧舞台的变脸
尘世已把我
弄得面目全非

老去的信件

老去的信件，仍在一口老去的木箱里
发出年少的喘息

它已记不清来路
就连绿色的邮筒，也成为古巷的遗迹

它还能听见凤凰那银铃般的笑声吗？
在驿路落雨的黄昏——

在你苍老的唇前
一杯龙井新茶，缓缓地，浮现
白云，山冈，蝴蝶，野花

推铁环

公园内，外婆一遍遍教你
推铁环。笨拙的手仿佛在
推着笨拙的知青岁月

找不到支点，踩不准节奏，你
冒汗，摔倒，咬牙站起。直至
凹凸不平的路面，飞出欢叫——

弓背的外婆，慢慢地，陪着残阳
像铁环一样下沉
而无数只铁环，已横亘在公园门外

越　狱

春日，一只蜜蜂飞出我的身体

它要寻的野花，是开在
孙悟空被压的五行山，还是
开在大洋彼岸的肖申克监狱？

很不幸，这只出逃的蜜蜂
在城市假山、人造景观和假睫毛之间
迷路。跟不幸的楚门一样

而原野，早已姹紫嫣红开遍

彩色的雨

上苍洒下的祝福，如此绵密
你从疲惫的地铁探出头来
手捧鲜花，微闭双眼
四周所有的草木都在这个
北漂的夏天，微闭双眼
仰头吮吸，这久旱之后温柔的祷词
故乡的鸽哨，针线般穿过彩色的雨滴
云朵之上，母亲的笑靥清晰如昨
你站在民政局的楼前，准备花朵般盛开
准备踏上金色的舷梯，迈过去
不管接下来的剧本
是彩色的欣喜，还是一杯凉白开
抑或，惊悚的暴风雨

手的诉说

看看，天底下十个指头的同类好多
摊开来，却有不一样的
肤色、掌纹、厚薄
不一样的
悲与欢

那些紧攥着玉玺、权杖的
手指之间，昼夜神经质发抖
那些握住锄头、斧子、模具的异姓兄弟
尽管掌心被血泡充盈
脚底却岩石般踏实

而我这双茧手，能不能亲近
钢笔、古琴和书籍
亲近江南多雨天气里
栀子花的清香

放风筝

你给我穿上华丽的彩衣
带我从困顿中，练习飞翔——

风风光光的，我脱离低处的尘埃
跃过沼泽、柳树、悬崖和日月

而线头，始终握在你掌心。

越飞越高，直到高过火鸟、浮云
一阵晕眩。狂风大作，夹杂雷雨

你无奈放手。黑暗里有泪珠坠落
地球倾斜，海面波涛暗涌

爱的私语

铁板钉钉之后，语言与语言的摩擦
星火燎原。
一些语言在生长，而另一些
语言加速消亡

放大的细节，经不起太阳的炙烤
假设忽遇一阵飓风
谁来执掌，汪洋中小船的航向？

不妨慢慢习惯，选择性眼盲吧
就像习惯，呼噜在深夜像马头琴一样
习惯两张轮廓鲜明的脸庞
慢慢融合。在同一时间，绽放
同一角度的微笑

雪落无声

雪，从村东头一路被

突如其来的风，裹挟

把刚买的年画和父母

砸倒在老炕。几十年的五脏六腑

被砸得，七零八落

就连深一脚浅一脚刚招呼过

那些庄稼地里的萝卜、青菜、大白菜们

此刻，也被砸得辨不清

生长的秩序

临近年关的雪，下得没有一丁点诗意

哪怕吼出几声雷鸣

屏蔽，城市鸽子笼里

此起彼伏的咳嗽

鞭炮声，就会尽快催醒

尘埃里，久违的烟火

一生不可自决

古藤下三三两两的雨滴
针灸着，小溪里的游鱼
我转身，与水中光脚丫的自己对视

列车在远处循规蹈矩，发配往
一座座拥堵的城市
满身的跌打损伤。
偶尔，掺和几声杜鹃的鸟鸣

一只野猫，偷偷从灵隐寺溜到人间
相对无言。一跃绝尘
徒留下，这秋深的城郊
这寒寂的呼吸

流　浪

午夜，城市卸妆。高架痛苦嘶吼
铁甲兽驱赶我，在一场场梦里流浪
从童年到中年，到落日拂过白霜
从乡间小路到大漠，到成都、北京，到东海

而法喜寺的玉兰，东海畔轮回了 500 年
重又羞赧、娇嫩地，向天空绽放——
她的坚贞、她的情深

在尘世里摇晃，我这粗粝的黑色皮囊
如何插上梦的翅膀，重返——
玉兰树上，那朵以我命名的花瓣
如此洁白，如此纯真

况　味

苦辣和酸甜相互厮杀，悲与欣也是
熬成一锅中药，每日按剂温服

已是暮冬。父辈们告诫：该裁剪些树枝了
经霜后的青菜，入胃香甜

而人间擂鼓正酣
面具喧嚣，变脸的何止是戏台

燃一盏心灯，肋骨里琴声铮铮

此生有约

我承认，许多年前
魔鬼就逼我签下，有关
光明的契约

直到风把笑容吹散
穿过黑且长的隧道，尽头闪现
一缕光。
那是忍冬花，开在灵隐寺的雪地里

而远处，列车仍然循规蹈矩
发往，一座座陌生而拥堵的城市
满身跌打损伤。像极了
我那没有悬念的余生

幸好，还有诗，与酒，与白鹤
在日子与日子之间，乘一叶小舟
摆渡。任凭风高，不管浪急

图书在版编目（CIP）数据

月亮与烟火 / 崔子川著. -- 武汉 ： 长江文艺出版
社,2025. 1. -- ISBN 978-7-5702-3825-5

Ⅰ. I227

中国国家版本馆 CIP 数据核字第 2024SD5614 号

月亮与烟火

YUELIANG YU YANHUO

照片摄影：崔依晨
责任编辑：王成晨　　　　　　　　　责任校对：程华清
封面设计：源画设计　　　　　　　　责任印制：邱　莉　王光兴

出版：长江出版传媒 ｜ 长江文艺出版社
地址：武汉市雄楚大街 268 号　　　　邮编：430070
发行：长江文艺出版社
http://www.cjlap.com
印刷：湖北恒泰印务有限公司

开本：880 毫米×1230 毫米　　1/32　　印张：8.125
版次：2025 年 1 月第 1 版　　　　2025 年 1 月第 1 次印刷
行数：4070 行

定价：58.00 元
